CW01510523

Le lecteur trouvera en fin de volume :
- un glossaire alphabétique qui regroupe la plupart des noms
propres avec un bref descriptif. Par convention, les noms utilisés
ici sont ceux de la mythologie romaine, mais leur équivalent grec
est également mentionné (Jupiter/Zeus, etc.) ;
- deux cartes qui leur permettront de situer l'action des différents
travaux d'Hercule.

CHRISTIAN GRENIER

CONTES ET LÉGENDES
LES DOUZE TRAVAUX
D'HERCULE

Illustrations de Philippe Caron

I

Une ou deux ruses de Jupiter...

Cette nuit-là, aux portes de la ville de Thèbes, les soldats qui montaient la garde s'étaient tous assoupis. L'un d'eux, Philos, dressa l'oreille. S'aidant de sa lance, il se releva d'un coup.

– Camarades, réveillez-vous ! hurla-t-il.

Une seconde plus tard, ils étaient debout, en alerte.

Quelques semaines auparavant, une peuplade voisine, les Thélébéens, avait déclaré la guerre à Thèbes ; Amphitryon, le roi de la ville, avait dû prendre la tête de son armée pour les combattre.

Privée de ses plus vaillants combattants, Thèbes était désormais presque sans protection.

— Entendez-vous ce bruit de galop, dans le lointain ? dit Philos.

Très vite, la panique se répandit parmi les hommes :

— Oui... Malheur ! Ce sont les Thélébéens !

— Ils viennent assaillir notre cité par surprise !

Philos n'en menait pas large ; avant de partir, Amphitryon lui avait recommandé : « Je laisse Alcmène sous ta protection. Pendant mon absence, Philos, veille à ce qu'il ne lui arrive rien ! »

Récemment, Amphitryon avait épousé la belle Alcmène, la fille du roi de Mycènes. Les nouveaux mariés s'aimaient d'un amour serein et sincère ; et Philos n'osait penser à la colère d'Amphitryon si, pendant son absence, la jeune reine était blessée ou emmenée comme captive...

— Vite, donnons l'alerte !

— Non, recommanda Philos dont la raison essayait de dominer la peur. Attendez... Ce n'est pas là une armée en marche : je n'entends qu'un seul galop !

Inquiets, ils scrutèrent la nuit sans lune et les sombres collines avoisinantes. Soudain, un cheval richement caparaçonné surgit de l'obscurité en hennissant. Son cavalier avait noble allure ; il portait une armure éblouissante, comme si elle avait absorbé la clarté des étoiles absentes. Impressionnés par cette apparition, les soldats reculèrent. Seul Philos esquissa un pas en avant et cria :

— Halte ! Qui es-tu, étranger, pour oser te risquer ici à cette heure, comme un voleur ? Nous aurions pu t'abattre sans sommation ! Ignores-tu que nous sommes en guerre ?

Alors, le cavalier enleva le casque qui dissimulait son visage. Sa voix, familière et goguenarde, gronda :

— Pardi ! Ne suis-je pas le mieux placé pour le savoir ? Et est-ce ainsi que l'on se doit d'accueillir le maître des lieux ?

Aussitôt, les gardes reconnurent leur roi. Penauds, ils se prosternèrent devant lui.

— Relevez-vous ! dit Amphitryon. Vous êtes de

braves soldats.

Resté debout, Philos bredouilla :

– Vous, Sire ? Seul ? À cette heure ? Et sans escorte ?

Le regard que lui jeta le roi était si déterminé que Philos dut baisser les yeux.

– Mène-moi à mon épouse ! ordonna le souverain.

Les portes de la ville furent ouvertes à la hâte. Et le soldat entraîna Amphitryon dans les rues désertes. Parvenu sur le seuil du palais, Philos releva la tête :

– Sire, pardonnez ma hardiesse... Votre venue est si inattendue... Faut-il redouter la prochaine victoire de nos ennemis ?

Un éclat de rire énorme lui répondit :

– N'aie crainte ! Ma visite n'a rien à voir avec la guerre. La belle Alcmène me manque, Philos. Souviens-toi : à peine mariés, nous avons dû nous séparer. Cette nuit, je ne pouvais trouver le sommeil. J'ai décidé de lui faire une surprise.

Philos ressentait un inexplicable malaise. Il tendit un piège au visiteur en l'entraînant dans le couloir qui menait aux cuisines.

– Eh bien, Philos ? gronda Amphitryon, as-tu oublié où se trouvent les appartements de la reine ?

Philos n'hésita plus : il conduisit son maître jusqu'à la chambre d'Alcmène, frappa, attendit. Un moment, il redouta le pire : et si la reine n'était pas seule ? Et si le roi, soupçonnant qu'elle avait un soupirant, n'avait accompli ce long trajet que pour la surprendre avec lui ?

Bientôt, une servante apparut. D'un geste, Amphitryon la chassa hors de la pièce. Philos aperçut Alcmène qui se levait. La reine était seule ; alarmée, elle passait en hâte un châle sur ses épaules nues. Quand elle aperçut ce combattant en armes qui entrait, elle eut un mouvement de recul. Puis elle reconnut son mari ; elle ne put retenir un cri d'angoisse :

– Amphitryon ? Toi, ici ? Quelle catastrophe viens-tu m'annoncer ?

– Aucune, ma bien-aimée ! J'étais si impatient

de te retrouver...

La passion fit briller le regard du roi.

– Alcmène, murmura-t-il, ta beauté ferait se damner les dieux eux-mêmes... J'ai toujours l'impression de te voir pour la première fois.

Alors, les traits de la reine se détendirent. Sur son visage ensommeillé s'épanouit un sourire radieux. Sa poitrine se souleva dans un soupir où se mêlaient le soulagement, le désir, la joie. Elle eut un regard vers le lit à peine défait et ouvrit tout grands les bras à son roi :

– Viens !

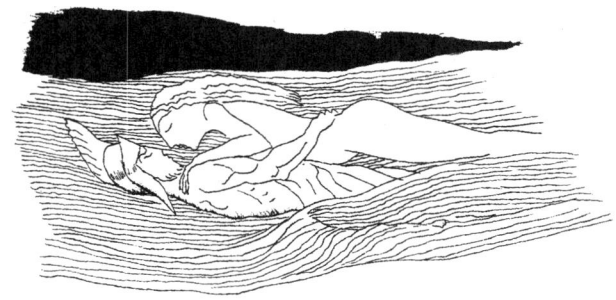

Amphitryon se retourna vers le soldat qui l'avait mené jusqu'ici.

– Eh bien, Philos, lui dit-il dans un sourire qui ressemblait à un défi. Tu es encore là ? Ne crois-tu pas qu'il est temps de nous laisser ?

Philos referma lui-même la porte de la chambre.

Longtemps, il conserverait en mémoire l'image féerique de la souveraine qu'il venait d'arracher au sommeil. Après tout, il comprenait que le souverain eût entrepris cette folle équipée...

Quand Philos revint aux portes de la ville, ses camarades étaient bien réveillés. L'un d'eux désigna le ciel :

– Voyez, dit-il, intrigué, on dirait que l'aube approche.

– Non, fit un autre soldat. Ce sont les nuages qui se dissipent et laissent enfin voir les étoiles.

– Ce n'est rien de tout cela, murmura Philos en frissonnant.

Un silence inhabituel habitait la nuit illuminée. Du ciel se mit alors à tomber une étrange pluie : c'étaient des gouttelettes d'or. Elles se répandirent sur les collines alentour et sur Thèbes endormie.

Stupéfaits, les soldats levaient la tête et tendaient les bras vers l'ondée miraculeuse, espérant recevoir une miette de ce prodige.

– Ce n'est pas une nuit comme les autres, dit l'un des soldats.

Le visiteur apparut aux portes de la ville ; il était toujours vêtu de son armure d'argent. Sans un mot, il sauta sur son cheval blanc et s'élança au galop dans la nuit.

Au moment précis où l'obscurité l'engloutit, la pluie d'or cessa de tomber.

Peu après, Amphitryon, vainqueur, revint à Thèbes avec son armée. Le soir, le roi retrouva Alcmène dans sa chambre.

– Chère bien-aimée, s'exclama-t-il, ces mois sans toi m'ont paru interminables ! Voilà si longtemps que j'attendais cet instant...

– Cependant, répondit la reine, tu es parvenu à t'échapper pour venir me voir en cachette. Sais-tu que depuis notre dernière rencontre, j'attends un enfant ?

Amphitryon était devenu très pâle.

– Attends… De quelle rencontre parles-tu ?

Troublée, Alcmène raconta comment, quelques semaines auparavant, elle avait accueilli son roi pendant la nuit.

– Que me racontes-tu là ? tonna Amphitryon. Je n'ai pas quitté mon armée ! Quel est cet homme que tu as pris pour moi ?

– Mais c'était toi, mon roi ! Oh, je t'en supplie, souviens-toi ! Imagines-tu que j'aie pu te confondre avec un autre ?

– Et toi, Alcmène, crois-tu que j'aurais pu oublier une telle visite ? Quel mensonge inventes-tu pour excuser ta fourberie ?

Alcmène tomba à genoux, épouvantée. Amphitryon convoqua Philos. Tremblant de peur, le fidèle soldat avoua :

– Mes camarades pourront en témoigner, Sire : nous vous avons reconnu. Cette nuit-là, vous étiez seul. Vous m'avez demandé de vous mener aux appartements de la reine…

– C'est un complot, hurla le roi en dégainant

son glaive. Vous vous êtes tous donné le mot pour me trahir !

Alcmène et Philos crurent leur dernière heure venue.

À cet instant, une vive clarté illumina la pièce. Ébloui, Amphitryon recula. Devant lui venait d'apparaître un dieu auréolé de lumière. D'abord, Philos crut reconnaître le cavalier de l'autre nuit : il portait la même armure d'argent ; mais cette fois, une barbe bouclée ornait son visage. Aussitôt, les humains identifièrent Jupiter, qui commande tous les autres dieux de l'Olympe.

– Que ta colère s'apaise, Amphitryon ! ordonna-t-il. Alcmène ne t'a pas trahi. C'est moi, Jupiter, qui ai pris tes traits pour lui rendre visite. Oui : désormais, elle porte en elle un fils qui deviendra un héros. Un être dont la force et les exploits deviendront légendaires, et qui libérera les humains de leurs maux !

Comme le roi de Thèbes, timidement, s'apprêtait à protester, Jupiter l'interrompit :

– Allons, Amphitryon, tu ne peux pas être jaloux

d'un dieu ! Alcmène et toi, vous élèverez mon fils afin qu'il accomplisse son glorieux destin. Et ce fils, vous l'appellerez Hercule !

Il disparut dans un nouvel éclair que suivit un énorme grondement de tonnerre.

Quand Jupiter réapparut au sommet du mont Olympe, où il habitait le plus beau des palais, il se trouva nez à nez avec Junon, son épouse. Rien, ou presque, n'échappe à la vigilance des dieux. Et si Jupiter avait pu, par ruse, cacher à Junon sa brève nuit avec la belle Alcmène, il ne put éviter la colère de sa femme qui n'avait rien perdu des aveux de son infidèle époux.

– Ainsi, s'exclama-t-elle, tu m'as encore trahie !

– Junon, cette fois, je te le jure, c'était pour la bonne cause : vois les fléaux qui affligent les hommes ! Mon fils les en délivrera.

– Ne cherche pas de prétexte, Jupiter. Je suppose que c'est Mercure, ton complice, qui t'a vanté la beauté d'Alcmène. Et bien sûr, tu n'as pu résister.

Junon était fort dépitée des infidélités répétées

de son époux.

– Décidément, c'est une méchante habitude que tu as, Jupiter, de fréquenter les humaines pour leur faire ainsi des enfants : Europe et Léda[1] ne t'ont-elles pas suffi ?

– C'est la dernière fois ! Ce fils aura un destin différent...

– Ce fils, je le hais déjà, répondit Junon à voix basse.

– Allons, fit Jupiter sur un ton apaisant, songe que tu partageras sa gloire future puisque son nom, Hercule ou Héraclès, signifie : la gloire d'Héra[2] !

– Belle gloire, que celle d'être trompée !

Jupiter était accoutumé aux colères de son épouse qui se voulait la déesse protectrice du mariage.

– Hercule sera invincible, déclara Jupiter, il régnera sur Mycènes, le royaume de sa mère et sur Tirynthe, celui d'Amphitryon.

---

1. Europe et Léda étaient deux mortelles que Zeus séduisit en se tranformant pour l'une en taureau et pour l'autre en cygne.
2. Héra est le nom grec de Junon.

Ce raisonnement avait une faille. Junon s'y précipita :

– Pas si vite ! Un autre enfant pourrait devenir le roi de ces cités.

– Un autre enfant ? Lequel ?

– Celui qui naîtra de Sthénélus et de Nicippe, son épouse. Oublies-tu que Sthénélus est lui aussi un descendant de Persée[1] ?

Jupiter réfléchit ; il comprit que sa femme, pour se venger, prendrait sous sa protection ce futur enfant qui deviendrait le rival d'Hercule. Il décida de ruser.

– Ma foi, tu as raison, admit-il. Ces cousins ne pourront pas régner ensemble. Seul l'un d'entre eux sera roi ; et il faudra qu'il ait toute autorité sur l'autre. Qu'en dis-tu, Junon ?

– C'est raisonnable. Mais lequel gouvernera ?

Jupiter savait que Nicippe n'attendait pas d'enfant.

– C'est simple, répondit-il : le premier qui naîtra !

---

1. Sthénélus est le fils et Amphitryon le petit-fils de Persée.

17

Le second aura le devoir d'obéissance envers son aîné.

– Soit. Ai-je ta parole, Jupiter ?

– Qu'il en soit ainsi !

Jupiter n'était pas inquiet. Il savait qu'Hercule naîtrait avant le fils de Nicippe, puisque ce dernier n'était pas encore conçu ! Mais c'était compter sans l'obstination de Junon...

La déesse du mariage avait une alliée : sa fille, Ilithye, la déesse des accouchements. Elle la convoqua en secret et lui dit :

– J'ai une mission pour toi. Il faut que Nicippe attende un enfant au plus vite. Mieux : il faut absolument que cet enfant naisse avant terme. Et surtout que ce maudit Hercule naisse après lui.

– Mère, dit Ilithye en souriant, vous pouvez compter sur moi.

Quelques mois plus tard, Junon vint trouver son époux.

– Jupiter ? Puisque tu aimes tant te mêler aux humains, je te propose que nous nous rendions incognito au palais de Mycènes.

Intrigué, Jupiter obéit. Se mêlant aux courtisans, le couple divin pénétra dans les appartements de Sthénélus et de Nicippe.

Apercevant un berceau auprès de la jeune femme, Jupiter réprima un cri de rage. La nouvelle mère désignait à ses invités un bébé chétif, malingre et grimaçant :

– Je sais qu'il n'est pas très beau. Mais il est né prématurément. Nous l'avons appelé Eurysthée.

– Il est né ! murmura Jupiter, accablé par l'événement.

– Oui ! s'exclama Junon, triomphante.Eurysthée sera le roi de Mycènes et de Tirynthe. Et Hercule lui obéira !

Peu après, Alcmène donna naissance à deux enfants. Bien qu'ils fussent jumeaux, ils étaient très différents.

Le premier, Iphiclès, était un joli bébé – mais rien ne le distinguait des autres nourrissons, sinon qu'il avait déjà les traits d'Amphitryon, son père.

Le second, lui, était d'une taille et d'une beauté exceptionnelles. Blond, bouclé, rieur, déjà vorace, Hercule étonna vite son entourage par sa force et sa robustesse. Celles et ceux qui étaient venus féliciter la mère n'avaient d'yeux que pour cet enfant extraordinaire.

– Laissez-nous, dit Amphitryon. Alcmène a besoin de repos.

Dès qu'ils furent seuls, les souverains se tournèrent vers les bébés qui reposaient dans le même lit ; Hercule tenait presque toute la place. Impressionné, Amphitryon le prit dans ses bras ; il fut étonné par son poids.

– Au fils de Jupiter, il faut un berceau exceptionnel !

Le roi de Thèbes alla chercher son bouclier, celui-là même qui lui avait servi lors des combats contre les Thélébéens. Il le posa à terre et il y coucha le tout jeune Hercule.

Amphitryon et Alcmène quittèrent la pièce pour retrouver leurs hôtes. Aussitôt, Hercule se mit à vagir bruyamment.

– Il a toujours faim, dit Alcmène en s'éloignant. J'espère que j'aurai assez de lait ; ce demi-dieu me semble insatiable !

Au moment où ils rejoignaient le salon, une femme pénétra dans la chambre, un panier à la main ; elle releva le capuchon de son habit et murmura en s'approchant du bouclier :

– J'ai deux cadeaux pour toi, jeune Hercule...

C'était Junon. Depuis la naissance d'Hercule, elle ruminait son dépit. Certes, son protégé Eurysthée commanderait à son cousin ; mais elle ne voulait pas attendre, sa haine était trop forte et son impatience trop grande. Il lui fallait se débarrasser de cet enfant.

Elle posa la panière à terre et disparut.

Alors, deux énormes serpents soulevèrent de leur tête pointue le drap sous lequel ils étaient dissimulés. Deux serpents ? Non : deux monstres au corps écailleux et épais comme celui d'un dragon ! Ils sortirent en sifflant de leur abri et se dirigèrent en rampant vers le lieu où reposait Hercule.

Ensemble, ils se glissèrent à l'intérieur du bouclier.

En apercevant les reptiles, l'enfant s'accroupit et cessa de pleurer. Aussitôt, les serpents s'enroulèrent autour du corps du bébé qu'ils s'apprêtaient à étouffer ; ils ouvrirent leur gueule pour mordre et cracher leur venin mortel. Alors, Hercule poussa un cri d'étonnement et de colère. De ses mains potelées, il saisit vivement le cou des deux monstres et serra, serra le plus fort qu'il put.

Alertés par des hurlements, Amphitryon et Alcmène se précipitèrent dans la chambre. Le spectacle qu'ils découvrirent les stupéfia : le bébé qui hurlait était Iphiclès. Hercule, lui, riait en se balançant, les mains agrippées au bord du bouclier. À ses pieds gisaient, sans vie, les deux serpents qu'il avait étranglés.

– Hercule a accompli un bel exploit, murmura Amphitryon. Et je crois qu'il n'a pas fini de nous étonner.

Jupiter ne tarda pas à apprendre cette lâche tentative d'assassinat. Certes, il soupçonnait Junon ;

mais il ne songea pas à lui faire le moindre reproche. Elle lui avait déclaré la guerre. Tant qu'Hercule vivrait, elle chercherait à lui nuire. Il devait donc être vigilant, et plus rusé qu'elle. Il convoqua Mercure.

Dieu des marchands et des voleurs, Mercure était le complice de Jupiter. Il aimait lui aussi se déguiser, s'introduire parmi les hommes, et leur jouer parfois des tours.

– Que puis-je faire pour toi, Jupiter ? demanda-t-il.

– Ah, Mercure... J'ai un conseil à te demander.

Le roi de l'Olympe révéla tout à son comparse : comment Hercule était né d'une nuit avec la belle Alcmène, et pourquoi Junon avait juré la perte de cet enfant.

– Comme tu le sais, Mercure, les héros, hélas, sont mortels ! Aussi, je crains que Junon ne parvienne un jour à ses fins.

– Je connais bien un moyen pour qu'Hercule gagne l'immortalité, dit Mercure. Un moyen qui, en outre, décuplerait sa force et multiplierait ses qualités...

Ce moyen, Jupiter le connaissait lui aussi.
Mercure fit mine de s'éloigner.

– C'est à toi de décider Jupiter. Je comprends que tu recules...

– Non ! Junon n'a pas hésité à s'attaquer à mon fils. Je ne vois pas pourquoi je n'userais pas des mêmes stratagèmes pour que les exploits d'Hercule puissent s'accomplir ! Mais Junon se méfie de moi ; elle surveille tous mes faits et gestes.

– Ne crains rien, dit Mercure. Je me charge de cette mission !

La nuit était tombée sur Thèbes depuis longtemps.

Aucun des soldats qui montaient la garde aux portes de la ville ne vit Mercure pénétrer dans le palais d'Amphitryon et d'Alcmène : le messager de Jupiter avait chaussé ses sandales ailées qui lui permettaient de se déplacer dans les airs.

Il s'introduisit dans la chambre des souverains.

Il repéra le bouclier dans lequel dormait Hercule. En prenant soin de ne pas réveiller le bébé, il le prit dans ses bras. Puis il quitta le palais aussi discrètement qu'il y était entré et s'élança dans l'espace.

La vitesse et le vent qui sifflait aux oreilles d'Hercule ne tardèrent pas à le réveiller. Il se mit à gigoter et à hurler dans la nuit.

– N'aie pas peur, rassura Mercure. Tu es entre les mains d'un dieu !

Cependant, le messager de Jupiter comprit vite que l'enfant ne pleurait pas parce qu'il avait peur.

– Tu veux manger ? Eh bien, ne t'inquiète pas, tu vas pouvoir assouvir ta faim. Profites-en : tu ne feras plus jamais un festin aussi divin !

Mercure atterrit au sommet du mont Olympe. Là, Jupiter attendait, sur le seuil de son palais endormi.

– Tu as bien travaillé, Mercure. À présent, laisse-moi mon fils...

Il jeta un regard tendre vers Hercule, et lui posa un doigt sur la bouche.

– Ne pleure pas. Et surtout, ne fais plus de bruit.

Apaisé par ce visage bienfaisant et barbu, Hercule se laissa faire et se tut. Jupiter prit le bébé dans ses bras et se dirigea vers la chambre de Junon.

La déesse de la maternité dormait profondément. Jupiter s'approcha de son épouse, écarta le pan de sa chemise de nuit et découvrit ses seins. Puis il allongea le petit Hercule à côté de cette nourrice improvisée.

– Bois ! chuchota-t-il. Bois, mon fils, le lait des dieux !

Alors, Hercule se jeta sur la mamelle de Junon qu'il téta avec avidité. Au fur et à mesure qu'il buvait, de nouvelles forces et de nouvelles vertus naissaient en lui.

– Bois, mon fils ! l'encourageait Jupiter. Chaque goutte de ce lait divin t'approche de l'immortalité !

Junon continuait de dormir ; Hercule continuait de téter.

Mais on a beau être un héros, arrive le moment où l'on est rassasié. Le jeune Hercule, enfin gavé, se détourna de la poitrine de Junon. Il adressa à son père un sourire repu.

Très ému, Jupiter reprit l'enfant dans ses bras et le conduisit hors de son palais. Comme il s'apprêtait à confier son précieux fardeau à Mercure, le dieu aux sandales ailées désigna le ciel :

– Jupiter... Vois ! Quel est donc ce prodige ?

Du palais jaillissait à présent une fontaine nacrée. Oui : c'étaient des flots bouillonnants qui inondaient le ciel ; parfois, quelques gouttelettes retombaient et faisaient éclore sur le sol d'étranges fleurs blanches[1].

Mercure et Jupiter se précipitèrent dans la chambre de Junon. Stupéfaits, ils constatèrent que ces flots provenaient de la poitrine de la déesse : Hercule avait tété si fort le sein de sa divine nourrice que le lait continuait d'en jaillir abondamment !

Affolés, ils ne savaient comment tarir cette fontaine. Dans les bras de son père, le jeune Hercule se remit à glapir : attiré par l'odeur de ce lait qui

---

1. Les lys.

coulait à profusion, l'appétit du héros s'était à nouveau réveillé.

– Pas question ! dit Jupiter à l'enfant qui tendait les bras pour demander à boire.

Puis, confiant son insatiable fils à Mercure, il ordonna :

– Va ! Va le rendre à ses parents ! Et reviens vite !

Tandis que Mercure regagnait la ville de Thèbes et allait recoucher l'enfant dans son bouclier, la voûte du ciel obscur continuait à se remplir du flot de lait que la voracité d'Hercule avait déclenché.

Et c'est cette nuit où Hercule téta Junon qu'est née la Voie lactée.

II

UNE ENFANCE DE HÉROS

QUELQUE TEMPS plus tard, Amphitryon fut réveillé en pleine nuit par un violent éclair. Ce n'était pas un orage : devant le roi de Thèbes se tenait Jupiter. De sa voix grondante, le dieu déclara :

– Un glorieux destin attend Hercule ! Je te confie son éducation. Élève-le comme ton propre fils. Trouve-lui les meilleurs maîtres. Et surtout, défie-toi des ruses de Junon, mon épouse. Elle a juré la perte de mon enfant.

Amphitryon baissa la tête : on ne discute pas les ordres d'un dieu.

– Hercule ? Où te caches-tu ? Ton maître Linos
est arrivé !

Alcmène explora une seconde fois toutes les
chambres du palais. Ah, son fils Hercule lui donnait bien du souci !

– Je te conseille d'aller aux cuisines, dit le pré-
cepteur sur un ton un peu méprisant, tu y trouveras
sûrement mon élève.

– Tu as raison. Hercule est si gourmand.

Résigné à attendre, Linos posa sur la table les
ouvrages qu'il avait apportés. Fils d'Apollon lui-
même, Linos était un fin lettré ; n'avait-il pas ensei-
gné la musique à Orphée[1] ? Mais la patience de
Linos avait des limites. Il avait souvent l'impression
que le jeune Hercule se moquait de lui.

Parvenue aux sous-sols du palais, Alcmène
trouva quelques domestiques occupés à nettoyer
les restes d'une carcasse de bœuf. Il ne restait que

---

1. Célèbre musicien de la mythologie grecque, inventeur de la cithare ; ses
chants charmaient les dieux et les mortels. Il descendit aux Enfers pour
obtenir le retour à la vie de son épouse Eurydice.

peu de viande. Interrogé, l'un des cuisiniers expliqua à la reine :

– Hercule vient d'achever son déjeuner. À lui seul, il a dévoré l'animal entier !

Alcmène quitta le palais. Enfin, elle aperçut Hercule : debout, torse nu, cheveux bouclés flottant au vent, il défiait en riant les camarades de jeu qui l'entouraient. Irrités par ses moqueries, trois d'entre eux se jetèrent sur lui ; d'un seul revers de main, il les précipita à terre !

– Eh bien ? lança-t-il au groupe dans un joyeux cri de défi. Quelqu'un veut-il encore se mesurer à moi ?

– À quoi bon nous narguer ainsi ? lui lança son frère Iphiclès dans un sourire. Tu es invincible, nous le savons bien !

– Cependant, dit sa mère en s'approchant d'Hercule, tu n'excelles pas dans tous les arts. Dans le domaine des lettres et de la musique, tu as encore beaucoup à apprendre ! Viens Hercule, Linos est là.

Hercule réprima une grimace.

– Linos ? Aujourd'hui ? Mais n'est-ce pas le

jour où Eurystos doit venir m'enseigner le tir à l'arc ?

– Eurystos ne reviendra pas, annonça fièrement Alcmène. La semaine dernière, tes flèches ont fait mouche à tous les coups. Tu as dépassé ton maître, Hercule !

– Alors... je crois que ce matin, le vaillant Castor vient m'apprendre le maniement des armes !

– Non, Hercule : Castor ne viendra plus. Il m'a dit qu'il ne pouvait plus rien t'apprendre.

– Voilà Chiron ! s'écria soudain le jeune héros.

Il désigna un cheval au torse et à la figure humaine qui passait en trottinant près d'eux. Le centaure adressa un signe amical à Hercule, qui l'interpella :

– Chiron, viens-tu m'enseigner l'astronomie ou la médecine ?

– Ni l'un ni l'autre ! répliqua le sage centaure. Je m'apprête à partir pour donner des cours à d'autres élèves[1].

Hercule ne se décidait pas à suivre sa mère :

---

1. Chiron eut notamment Achille, Jason et Thésée comme élèves.

Linos l'ennuyait et il aurait préféré continuer à jouer. Il aperçut alors Amphitryon qui arrivait aux portes du palais. Il se précipita vers lui ; il était rare que le roi lui refusât une faveur.

– Père ! M'apprendrez-vous à conduire votre char, aujourd'hui ?

– Hélas, répondit Amphitryon, embarrassé. Voilà bien longtemps que tu le conduis mieux que moi ! Et je crois que Linos t'attend.

– Aucun doute, ajouta Alcmène en prenant son fils par la main, tu n'échapperas ni à la grammaire, ni au calcul !

De mauvaise grâce, Hercule se laissa conduire jusqu'à son maître. Linos lui adressa un sourire d'encouragement.

– Eh bien, Hercule, lui dit-il, j'ai vu hier Eumolpos ; il m'a assuré que tu commençais à jouer correctement de la lyre. Il paraît aussi que tu chantes fort bien ? Pourquoi mets-tu moins d'ardeur quand il s'agit d'apprendre à compter ou à lire ?

– Je ferai de mon mieux, soupira Hercule en s'asseyant.

– Pour te consoler, dit Linos, je te laisse libre de choisir l'ouvrage sur lequel nous allons travailler aujourd'hui. Qu'en dis-tu ?

L'élève considéra les piles de livres alignés. Il en saisit un.

– Doucement ! La dernière fois, tu as abîmé une couverture.

Hercule cacha sa déception : il n'y avait là que des ouvrages ennuyeux : des tragédies, des odes, des poèmes épiques... Son regard tomba alors sur un livre que Linos n'avait sûrement pas apporté et qu'Hercule connaissait bien : c'était le guide du parfait cuisinier !

– Celui-ci ! s'exclama-t-il en brandissant l'ouvrage.

Le fils d'Apollon pâlit. À ses yeux, ce choix était une insulte. Nul doute que son élève avait glissé ce livre ici pour le ridiculiser. Il se leva, très courroucé.

– Tu te moques de moi, Hercule !

– Comment ? N'as-tu pas affirmé toi-même que je pouvais choisir le texte que nous devrions lire aujourd'hui ?

– Ah, je reconnais bien là ta goinfrerie ! Tu ne penses qu'à manger, Hercule ! Manger et te battre. Je perds mon temps avec toi ! Je reviendrai demain pour instruire ton frère Iphiclès, qui est mille fois plus docile !

Déjà, Linos se levait et s'apprêtait à repartir. Hercule, d'une bourrade, obligea son maître à se rasseoir.

– Nous travaillerons sur le livre que j'ai choisi, comme tu l'as dit !

Irrité par l'insistance de son élève, Linos lui lança une gifle. Hercule, stupéfait, n'attendit pas pour réagir : jamais personne n'avait porté la main sur lui ! Il saisit le tabouret sur lequel il était assis et le jeta à la tête de Linos. L'angle du tabouret heurta son front et il s'écroula.

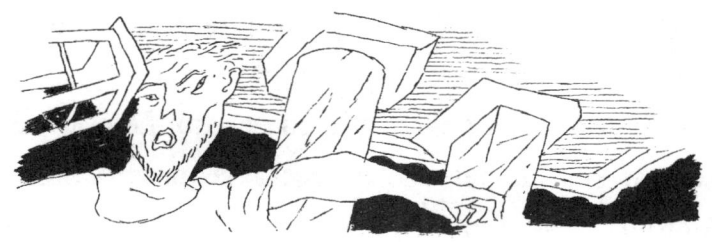

– Linos ? Oh, Linos, pardonne-moi ! J'ai le sang trop vif.

Hercule contourna la table pour relever son maître ; mais Linos ne bougeait plus. Hercule, terrifié, s'aperçut que le tabouret avait défoncé le crâne de son malheureux enseignant. Il poussa un hurlement d'horreur.

– Linos ? Oh, réponds-moi, je t'en supplie !

Ses cris de désespoir attirèrent ses parents et plusieurs domestiques. Le centaure Chiron lui-même arriva en caracolant. Il releva le corps inerte, et, après un bref examen, conclut :

– Linos ne pourra plus jamais te répondre, Hercule : il est mort.

– Par tous les dieux de l'Olympe, s'exclama Amphitryon atterré. Hercule, qu'as-tu fait ?

– Il m'avait giflé, geignit l'enfant en se prenant la tête entre les mains, et j'ai répliqué sans réfléchir...

– C'est un accident, dit Alcmène qui ne pouvait retenir ses larmes. Tu ne connais pas ta force, Hercule ! Pauvre Linos...

– Oh, mère, je ne voulais pas le tuer, je vous le jure !

Chiron et les domestiques s'éloignèrent, laissant l'enfant avec ses parents. Le cœur serré, Amphitryon alla s'asseoir sur son trône. Fallait-il expliquer à Hercule son origine divine, qui était sans doute la cause de cette force démesurée ? Fallait-il lui révéler qu'il était le fils de Jupiter et que seul son divin père avait le droit de le juger ? Amphitryon se dit qu'il était trop tôt. Il déclara au coupable qui s'était mis à genoux devant lui :

– Même si tu n'es encore qu'un enfant, Hercule, il te faut expier. Tu vas quitter ce palais où, par ailleurs, personne ne peut plus rien t'enseigner. Tu rejoindras la montagne et là, dans le massif du Cithéron, tu vivras au milieu des bergers. Puisses-tu, dans la nature, exercer cette force qui te dépasse et te rendre utile à ceux dont tu partageras la rude existence. Tu attendras tes dix-huit ans pour revenir au palais.

Quand Hercule atteignit la forêt, il laissa éclater

son chagrin : ainsi, un seul geste malheureux – mais fatal – avait provoqué son exil. À présent, il regrettait sa famille et même les leçons que lui donnaient ses maîtres.

Il eut une brève pensée pour Eurysthée. Bientôt, ce lointain cousin régnerait sur Mycènes et Tirynthe tandis que lui, Hercule, était condamné à la solitude, la déchéance et l'exil.

Depuis le mont Olympe d'où elle observait les hommes, Junon avait assisté à l'incident. La déesse laissa éclater sa joie :

– Ce jeune héros est si impétueux qu'il court lui-même à sa perte ! Je n'aurai pas besoin d'intervenir.

Plusieurs années s'écoulèrent sans qu'Hercule quitte la montagne. Là, son corps s'endurcit encore et sa beauté devint resplendissante. À la veille de ses dix-huit ans, sa taille atteignait déjà quatre coudées et un pied – c'est à dire qu'il dépassait deux mètres. Mais il se méfiait de sa propre force et mesurait le moindre de ses gestes pour ne pas provoquer de catastrophe.

Un matin, l'un des bergers avec lesquels il vivait vint se plaindre à ses compagnons :

– Le lion qui dévaste la montagne m'a encore dévoré six brebis !

– C'est une calamité, ajouta un autre berger. Ce fauve a décimé le troupeau du roi Thestios, qui règne dans la vallée voisine. À présent, c'est à la région de Thèbes qu'il s'attaque !

– Ah, qui pourrait nous débarrasser de ce monstre ? Aucun des chasseurs du roi Amphitryon n'ose l'affronter !

Hercule ne répondit rien. Mais le soir même, après avoir examiné les traces du lion sur le sol, il se lança à sa poursuite, armé d'un javelot et d'un glaive. Quelques heures plus tard, il aperçut l'animal dont les yeux brillaient dans la nuit. Le fauve dut comprendre qu'il avait affaire à un humain plus courageux que les autres : il décida de fuir. Et Hercule se mit à courir après lui.

– Tu as peur ? lui hurlait parfois le fils de Jupiter en s'arrêtant pour reprendre haleine. Au moins, essaie de te mesurer à moi !

On eût dit que le lion défiait Hercule à la course ; il se tenait toujours assez loin pour être hors de la portée du javelot. Ce petit jeu dura une semaine. Puis deux. Puis un mois entier.

Hercule continua de poursuivre le fauve sans relâche...

Le matin de la huitième semaine, l'animal, épuisé, s'arrêta enfin. D'un geste, Hercule le transperça de sa lance et le dépeça.

– Demain, décida-t-il, je me présenterai aux portes de Thèbes avec sa dépouille. Ainsi, mon père m'accordera peut-être son pardon. D'ailleurs, j'aurai dix-huit ans dans quelques jours.

Il approchait de la cité quand il croisa une troupe qui se dirigeait vers la ville. Ajustant la peau du lion sur son épaule, il aborda les étrangers :

– Qu'est-ce qui vous amène à Thèbes ? Venez-vous rendre hommage à Amphitryon, mon père ?

Celui qui marchait en tête eut un regard narquois pour ce jeune homme à demi nu ; sans doute prenait-il Hercule pour un sauvage vêtu d'une peau de bête.

– Passe ton chemin, berger ! lui jeta-t-il avec mépris.

– Le roi de Thèbes n'a pas droit à nos hommages, ajouta son voisin. C'est lui qui a des comptes à nous rendre !

Il y avait une telle arrogance dans l'attitude de ces hommes qu'Hercule se mit en travers de leur route.

– Des comptes ? Expliquez-moi !

– Nous sommes les ambassadeurs d'Erginos, le roi de la ville d'Orchomène, expliqua l'un des étrangers. Nous venons, comme chaque année, réclamer à Amphitryon un tribut de cent bœufs !

Hercule était consterné : à quoi bon rapporter à Thèbes la dépouille de ce lion qui décimait les moutons si Amphitryon devait, le même jour, se séparer de cent bœufs !

– Mais pourquoi Thèbes doit-elle payer ce tribut ?

– Autrefois, cette cité s'est rendue coupable d'un

délit.

– Lequel ?

– Ma foi, firent les voyageurs en se consultant les uns les autres, nous ne le savons plus. Mais la tradition du tribut est restée !

Hercule sentait monter la colère. Il s'exclama :

– Cette faute ancienne doit être peu importante, pour que vous l'ayez oubliée ! En ce cas, je vous recommande d'oublier aussi le tribut que vous venez réclamer ! Allez, passez votre chemin, et ne vous risquez plus jamais ici !

Les ambassadeurs éclatèrent de rire :

– Oserais-tu nous défier ? Ne vois-tu pas que nous sommes nombreux et armés ?

Comme Hercule les empêchait d'avancer, les envoyés d'Erginos brandirent leur glaive. Le sang d'Hercule ne fit qu'un tour. Sans hésiter, il se précipita l'épée levée, au-devant du cortège. Son intention n'était pas de tuer ; il voulait simplement donner une leçon à ces individus et leur ôter l'envie de revenir. Ajustant ses coups avec précision, il ne faisait que trancher les nez et les oreilles. Hurlant de douleur, les étrangers furent vite désemparés par l'ardeur du héros dont le glaive volait si vite que le regard ne pouvait le suivre.

En quelques minutes, le sol fut jonché de dizaines d'oreilles et de nez. Les ambassadeurs, stupéfaits par tant d'audace et d'adresse, avaient été incapables de rendre coup pour coup.

Dépités et sanglants, ils attendaient à genoux le verdict de cet adversaire invincible qui, malgré tout, les avait épargnés.

Hercule prit son temps : d'abord, il attacha dans le dos les mains de tous ses ennemis. Puis il enfila sur des cordes les oreilles et les nez tranchés qu'il suspendit à leur cou.

– Allez ! Retournez chez votre maître. Dites-lui que ces colliers sont le tribut que lui envoie la ville de Thèbes ! Et sachez que tant qu'Hercule vivra, Orchomène ne recevra plus rien d'autre.

Trop heureux de s'en tirer avec la vie sauve, les vaincus déguerpirent.

L'arrivée d'Hercule au palais fut suivie d'une

grande fête. Le héros donna à Amphitryon la peau du lion qu'il avait tué. Puis il lui raconta comment il avait réussi à libérer la ville de sa dette. Au récit de ce dernier exploit, le roi fronça les sourcils :

– Je te remercie, Hercule, lui dit-il. Mais je crains qu'Erginos n'apprécie pas la façon dont tu as traité ses ambassadeurs...

La réponse ne se fit guère attendre : le mois suivant, Philos vint trouver Amphitryon. Il semblait consterné.

– Sire, une armée approche, Erginos est à sa tête !

Humilié par l'affront fait à ses ambassadeurs, le roi d'Orchomène venait déclarer la guerre à Thèbes.

– Les soldats d'Erginos sont innombrables, Sire ! Ils sont résolus à combattre, et nous ne sommes pas prêts !

Comme Amphitryon envisageait de négocier pour gagner du temps, le fougueux Hercule s'interposa :

– Père, laissez-moi prendre la tête des plus vaillants soldats de votre armée ! Vous verrez de quoi je suis capable.

Le roi de Thèbes hésitait encore. À cet instant, une vive clarté illumina la salle du trône. Amphitryon crut qu'allait apparaître Jupiter en personne. Mais cette fois, le dieu auréolé de lumière qui se matérialisa devant eux était... une déesse ! Avec sa cuirasse recouverte d'écailles, son casque, sa lance et son bouclier, elle avait fière allure. C'était Minerve, la propre fille de Jupiter. Elle tenait à la main une armure qu'elle tendit en souriant à Hercule.

– Prends ! lui dit-elle. Et pars au combat. Je veillerai sur toi. Mais ne fais pas mauvais usage de ta force, Hercule.

Bien qu'elle fût la déesse de la guerre, Minerve n'aimait pas la violence. D'ailleurs, n'était-elle pas de surcroît la déesse de l'intelligence et de la sagesse ! D'un coup, elle s'évanouit aussi vite qu'elle était apparue. Ébahi, le roi de Thèbes ordonna :

– Obéis à Minerve, Hercule. Je combattrai avec toi !

Encouragé par la promesse de la déesse, Amphitryon ne doutait pas de remporter la victoire. Il convoqua ses ministres et s'adressa au plus sage d'entre eux :

– Créon, en mon absence, c'est à toi que revient la charge de la cité. S'il m'arrivait malheur, tu deviendrais le nouveau roi de Thèbes. Qu'il en soit ainsi !

Peu après, revêtu de la cuirasse que la déesse lui avait offerte, Hercule parcourut les rues de la ville :

– Erginos est là, dans la vallée, avec son armée ! criait-il à qui voulait l'entendre. Nous devons lui montrer de quoi Thèbes est capable ! Qui veut me suivre ?

Nombreux furent ceux qui accoururent pour combattre à ses côtés. Et quand l'armée de Thèbes quitta la ville, les soldats d'Erginos massés dans la plaine eurent un instant d'hésitation : ils ne s'attendaient pas à cette réplique téméraire !

Hercule s'élança à la tête de sa troupe. Devant sa vaillance, l'armée ennemie ne tarda pas à reculer. Mais les hommes d'Erginos étaient nombreux et Hercule ne pouvait pas être partout à la fois. Comme il cherchait le moyen de défaire rapidement l'armée adverse, un cri le fit se retourner :

– Hercule, à moi !

C'était Amphitryon. Erginos avait donné des ordres pour que le roi de Thèbes fût la cible de ses archers. Blessé par plusieurs flèches, il gisait à terre dans son sang.

Hercule se précipita vers lui, s'agenouilla.

– Oh ! mon père ! Ne m'abandonnez pas.

Amphitryon vivait ses derniers moments. Il voulut avouer à Hercule qu'il n'était pas son vrai père ; il voulut lui révéler le destin de héros qui serait le sien. Il n'en eut pas le temps. Il sourit une dernière fois à celui qu'il avait élevé comme son enfant ; puis il expira.

Éperdu de douleur, Hercule couvrit de larmes le corps d'Amphitryon. Ainsi, il n'était revenu de son long exil que pour voir mourir son père ! Et d'une certaine façon, il en était le responsable puisque c'était lui qui avait déclenché ce conflit. Il sentit qu'une main se posait sur son épaule. C'était Philos, le chef des gardes, qui tentait de le réconforter.

– À présent, Hercule, lui dit-il, il faut aller au bout de ce que tu as entrepris !

Hercule commençait à comprendre qu'il ne suffisait pas d'être fort : il fallait, comme le lui avait recommandé Minerve, faire preuve de sagesse et d'intelligence. Et peut-être de ruse, aussi, pour déjouer les épreuves du destin ou des dieux. Il s'éloigna de l'armée de son père et gravit les pentes du Cithéron, cette montagne qu'il connaissait bien pour y avoir si longtemps partagé la vie des bergers. Il aperçut le fleuve et murmura, songeur :

– Si je parvenais à en détourner le cours, j'inonderais la plaine où se déroulent les combats !

Il se mit aussitôt à l'ouvrage, et, pendant que les soldats de Thèbes et d'Orchomène continuaient de s'affronter, il creusa le flanc du coteau. Après plusieurs jours d'effort, il réduisit la montagne à une mince falaise que les flots du fleuve tout proche menaçaient d'effondrement. Il redescendit dans la plaine et ordonna à son armée de se replier. Revenu sur les coteaux, il ramassa une énorme branche d'olivier, la leva et, d'un coup, l'abattit sur le haut mur fragile qui s'écroula.

Le fleuve se précipita dans la brèche, il envahit la plaine en mugissant. Surpris et balayés par ses flots impétueux, les soldats d'Erginos n'eurent pas le temps de comprendre ce qui leur arrivait : ils furent emportés et noyés par les eaux !

Quelques-uns parvinrent à échapper au cataclysme. Réfugié sur une colline, Erginos levait le poing et hurlait vers son adversaire :

– Je me vengerai !

Alors, Hercule songea à Amphitryon et à la façon si lâche dont il avait été abattu.

– Philos ? Prête-moi ton arc.

Le chef des gardes voulut faire remarquer à son maître que le roi d'Orchomène était beaucoup trop loin pour qu'on pût espérer l'atteindre. Mais il se tut et obéit. Hercule saisit une flèche et banda l'arc de toutes ses forces. Il songea aux conseils d'Eurystos, qui lui avait appris à tirer. Il respira calmement, visa avec soin, se concentra... et lâcha la corde. En sifflant, la flèche traversa toute la plaine – et vint se planter dans la gorge du roi Erginos !

Les rescapés de l'armée ennemie vinrent se prosterner devant Hercule et lui demandèrent grâce. Parmi eux se trouvaient quelques ambassadeurs auxquels il avait coupé les oreilles et le nez.

– Je vous laisse la vie sauve, leur dit-il. Mais désormais, chaque année, les gens d'Orchomène viendront apporter à Thèbes un tribut de deux cents bœufs.

Quand Hercule rentra dans sa ville, il fut porté en triomphe. Le vainqueur était triste : dans cette guerre qu'il avait provoquée, il avait perdu son père. Qui pourrait jamais l'en consoler ?

Le nouveau roi, Créon, était un homme bon et sage. Il l'accueillit en libérateur.

– Le palais te reste ouvert, Hercule. Tu es ici chez toi. Si tu souhaites quelque chose, dis-le-moi. J'essaierai d'exaucer tes désirs.

Créon avait une fille, Mégara, que les exploits d'Hercule n'avaient pas laissée indifférente. Elle fut surtout sensible à la peine du héros et passa de nombreuses heures à le réconforter.

Mégara était fort belle. Sa douceur, sa patience et l'affection dont elle entourait Hercule ne tardèrent pas à le toucher. Un sentiment nouveau envahit le cœur de ce combattant qui n'avait plus d'objectif à atteindre ni d'adversaire à vaincre. Un matin, il alla trouver Créon et lui dit avec franchise :

– Créon, j'aime Mégara, ta fille. Je sais qu'elle m'aime aussi. Je viens te demander sa main.

Le roi lui ouvrit ses bras.

– Rien ne pouvait me faire plus de plaisir, Hercule ! Mariez-vous, soyez heureux ! Après toutes les épreuves qui t'ont frappé, je souhaite que tu puisses connaître le bonheur !

C'est exactement ce qu'il advint : Hercule épousa Mégara. Ils fondèrent un foyer paisible et vécurent heureux plusieurs années ; ils eurent trois enfants dont la beauté, la bonne humeur et l'intelligence firent la joie du jeune couple.

Mais sur le mont Olympe, ce bonheur n'était pas du goût de Junon. Elle ruminait sa vengeance et n'avait pas dit son dernier mot. Elle déplorait que cette vie paisible et domestique plaise tant à Hercule ; elle attendait que le héros commette une imprudence, une faute – ou quelque nouveau crime qui entraînerait sa chute. Seulement Hercule était sur ses gardes : il ne faisait plus usage de cette force qu'il savait si mal contrôler.

Profitant d'une absence de Jupiter, Junon décida d'agir. Elle convoqua les Érinyes[1] et, pointant le doigt vers Thèbes, ordonna :

– Il faut qu'Hercule devienne fou ! Oui, que la folie l'égare !

Mégara et ses enfants s'apprêtaient à faire un sacrifice aux dieux. Ils se trouvaient devant l'autel, cette table de pierre que possédait chaque foyer.

Hercule, les yeux fous, surgit dans la pièce. Il avançait comme un somnambule, les mains tendues.

– Hercule, murmura Mégara, que se passe-t-il ?

Le regard de son époux tomba sur ses fils. Une étincelle de haine jaillit dans ses prunelles, et le héros fut submergé par cette même colère qui le dominait devant ses ennemis. Il se précipita sur ses enfants, les empoigna et les précipita sur

---

1. Érinyes : divinités infernales qui tourmentent leurs victimes et les frappent de folie.

l'autel de pierre. Mégara se jeta aux pieds d'Hercule en hurlant ; mais il semblait sourd, aveugle, gouverné par des ordres muets dont il n'était pas maître. Tandis qu'il fracassait le crâne de ses fils sur l'autel des dieux, son épouse le suppliait en s'accrochant à lui :

– Hercule, je t'en supplie, réveille-toi ! Réveille-toi !

Sa folie furieuse décupla. Il saisit la dalle tout humide du sang de ses enfants et la leva au-dessus de la tête de Mégara.

Les hurlements avaient attiré ceux qui se trouvaient à proximité. Atterrés par le drame, impuissants devant la colère inexplicable du colosse, personne n'osait intervenir. Épouvantée par la scène, Alcmène murmura :

– Jupiter, viens à notre aide !

Mais Jupiter était absent. En revanche, la déesse Minerve entendit la supplique de cette mère. Quand, du haut de l'Olympe, elle vit les meurtres qu'avait commis Hercule, elle comprit que sa folie entraînerait d'interminables massacres. La déesse de la sagesse ordonna :

– Dors, Hercule ! Que le sommeil s'empare de toi !

Le meurtrier ferma les yeux, lâcha l'autel qui s'écrasa sur Mégara, et, d'un coup, il s'effondra.

Lorsque longtemps, longtemps après, Hercule revint enfin à lui, il eut une vision de cauchemar : à ses pieds gisaient, sans vie, ses trois enfants. Non loin, Mégara, son épouse, baignait dans son sang. Voulant implorer Jupiter, il leva les bras au ciel ; il les vit rouges de sang, eux aussi, et comprit qui était le responsable de ce carnage : dans un accès de folie incompréhensible, il venait de tuer ceux qui lui étaient le plus chers au monde ! Grondant de rage et de douleur, il s'agenouilla et se frappa la tête contre le sol, si violemment que tout humain ordinaire aurait succombé aussitôt.

– Je veux mourir ! hurlait-il sans parvenir à s'ôter la vie. À quoi bon vivre si les dieux ont voulu que je devienne le meurtrier de ma famille ?

Une main douce le releva. C'était celle d'Alcmène. Il se précipita dans ses bras.

– Ô ma mère, supplia-t-il, puisque la mort ne veut pas de moi, puisque mon père n'est plus là pour me conseiller, dis-moi quel châtiment pourrait me faire expier ces crimes !

– Mon fils, murmura-t-elle, aucun humain ne peut te juger.

Elle désigna les corps à terre et ajouta :

– Ce que les dieux ont décidé, seuls les dieux peuvent te le révéler.

Accablé de chagrin, Hercule alla s'enfermer dans la pièce la plus exiguë et la plus sombre du palais. Là, il médita les paroles d'Alcmène. Après plusieurs jours de solitude, il comprit :

– Je dois interroger les dieux ! Ainsi, j'apprendrai la vérité. Je connaîtrai la cause de mes malheurs et le destin qu'on m'a tracé.

Parmi les moyens qui existaient pour connaître le passé, l'avenir et les caprices des dieux, le plus sûr était de faire appel à l'oracle d'Apollon, à Delphes. Dans cette ville existait un sanctuaire où le dieu acceptait parfois de répondre aux questions des hommes par l'intermédiaire d'une femme : la Pythie.

Hercule se rendit à Delphes. Après plusieurs jours de marche, il arriva en vue du temple consacré au fils de Jupiter, le dieu Apollon. Il dut attendre plusieurs semaines avant d'être admis dans l'adyton, la petite chapelle oraculaire où un prêtre l'invita à formuler sa question. Une question qu'il avait passé des jours à retourner dans son esprit tourmenté. Le cœur battant, il murmura :

– Suis-je un homme ou un démon ? Comment expier mes crimes ?

Le prêtre esquissa une grimace d'embarras.

– Je ne peux transmettre deux questions à la Pythie, expliqua-t-il.

Hercule le savait ; il savait aussi que le prêtre, habituellement, reformulait la question du visiteur pour obtenir une réponse qui serait simplement oui ou non ; il savait enfin que la Pythie pouvait ne pas répondre. Ou marmonner des paroles si incompréhensibles que les prêtres eux-mêmes étaient incapables d'en décoder le sens. En réalité, ces paroles étaient celles de Jupiter en personne, qui les transmettait à Apollon, chargé de les répéter à la Pythie. Que d'intermédiaires pour accéder à l'oracle du dieu !

– Attends, murmura Hercule soudain très ému. Regarde...

Il désigna au prêtre la femme qui, à quelques mètres de là, les observait et semblait leur faire signe. Assise sur un trépied au-dessus d'une crevasse dont s'échappaient des fumerolles, elle paraissait plus vieille encore que le temple au centre duquel elle officiait. Sur son front était posée une couronne de laurier.

Impressionné, le prêtre comprit ; il poussa Hercule en avant :

– Va ! Je crois qu'elle te réclame ! Pose-lui toi-même ta question.

Hercule n'en eut pas le temps : à peine faisait-il face à la femme entourée de fumées qu'une voix retentit – une voix aussi fraîche et claire que celle d'une jeune fille :

– Tu es Hercule, un demi-dieu, un héros – le fils

que me donna Alcmène. Si tu as commis tant de crimes, c'est que Junon, par jalousie, t'a rendu fou. Elle a voulu me rappeler ma promesse. Et l'accord que nous avions conclu.

– Une promesse ? Un accord ? balbutia Hercule sans songer qu'il interrompait Jupiter lui-même.

– Rends-toi à Tirynthe, Hercule. Là, tu y rencontreras ton cousin Eurysthée, le roi de Mycènes. Mets-toi à son service pendant huit ans. Obéis-lui sans rechigner. Sache accomplir les tâches qu'il exigera. Les douze travaux qu'il t'imposera sont l'unique moyen de te laver de tes crimes, et d'obéir à la volonté des dieux !

Le regard de la Pythie se troubla ; elle secoua la tête comme si elle s'éveillait d'un rêve. Autour d'elle, les nuées se firent plus vives, comme pour souligner l'oracle que Jupiter, par sa bouche, venait de prononcer.

Maintenant, Hercule connaissait la vérité. Il était le fils de Jupiter, et l'objet d'une rivalité entre les deux plus grandes divinités de l'Olympe ! Il se demandait quels pouvaient bien être les douze mystérieux travaux qu'il devrait accomplir pour se racheter...

Le soir même, il se mit en route pour Tirynthe. Il sentait renaître en lui l'espoir, et surtout cette force colossale qu'il avait si longtemps essayé de museler.

Le moment était enfin venu de prouver sa qualité de héros.

III

LA PEAU DU LION
DE NÉMÉE

OU LE LION DE NÉMÉE

– JE VEUX parler au roi Eurysthée ! déclara
Hercule.

Subjugués par la taille et la noble allure de
cet inconnu, les soldats qui montaient la garde
aux portes de la ville de Tirynthe le firent entrer.
Hercule parcourait les rues de la cité. Il touchait
enfin au but : après avoir quitté Delphes, il avait
emprunté un navire, traversé le golfe de Corinthe et
parcouru l'Argolide. Nul doute qu'à présent, il

vivrait ici, dans cette ville, puisque l'oracle lui avait ordonné de se mettre au service de son roi.

Quand on l'introduisit dans le palais, Hercule découvrit, assis sur un trône, un individu chétif au regard fourbe et fuyant. L'étrange souverain considérait son hôte avec une appréhension mal dissimulée.

– Ne t'approche pas ! ordonna-t-il. Qui es-tu ?

– Je suis ton cousin, dit Hercule en s'inclinant.

À ces mots, Eurysthée réprima un geste d'effroi. Le bruit des exploits et la renommée d'Hercule étaient arrivés jusqu'à lui. Sans l'avoir jamais vu, Eurysthée redoutait ce parent en qui il devinait un rival. Il crut que son cousin venait lui chercher querelle et lui ravir sa couronne ! Fort inquiet, il demanda :

– Et... tu désirais me voir ?

– Oui. Je me mets à ton service, Eurysthée. J'accomplirai toutes les tâches que tu me demanderas.

Le roi demeura sans voix. S'agissait-il d'une ruse ? Son cousin se moquait-il de lui ? Non : à genoux, Hercule baissait la tête. Comme le silence se prolongeait, il ajouta d'une voix soumise :

– Parle, Eurysthée. J'obéirai.

Un immense soulagement s'empara du petit souverain. Il lui fallait trouver au plus vite le moyen d'éloigner Hercule. Et même d'en finir avec ce géant. Qui sait si, un jour, son cousin ne se retournerait pas contre lui ? Face à sa force colossale, Eurysthée ne ferait pas le poids.

Du haut de l'Olympe, Junon veillait sur celui qu'elle avait pris sous sa protection. Elle souffla une idée à l'esprit d'Eurysthée.

– Soit ! dit soudain le roi en se levant. Rends-toi dans la forêt de Némée et tue le lion qui dévore les troupeaux de mes bergers. Va, et ne reviens pas sans me rapporter sa peau !

Dès qu'il eut quitté le palais, Hercule remercia les dieux.

– Tuer un lion ! se répétait-il, rassuré. C'est une tâche aisée. N'ai-je pas déjà abattu un fauve redoutable dans le massif du Cithéron, près de Thèbes ?

Hercule s'interrogeait : était-il possible qu'il pût racheter ses crimes au moyen de quelques travaux si simples ?

En deux heures, il gagna la sombre forêt de Némée. Demeurant aux aguets, il gardait à la main son arc armé d'une flèche, et il se tenait prêt à tirer. De temps à autre, il observait le sol pour y repérer les traces de l'animal. Mais le fauve restait introuvable. Le soir, Hercule aperçut dans une clairière des bergers qui se lamentaient. Il s'approcha et découvrit plusieurs brebis égorgées. À en juger par les empreintes, la patte qui avait lacéré ces animaux devait être énorme, et armée de griffes plus tranchantes qu'un glaive !

– Il n'a même pas dévoré ses proies ! gémit le gardien du troupeau. Ce monstre tue par plaisir et pour nous narguer !

– Depuis des générations, il sème la terreur dans cette forêt ! ajouta un autre berger. Ah, qui nous délivrera de ce fléau ?

– Moi ! affirma Hercule.

Un rugissement terrifiant répondit à ce défi. Les

bergers fuirent en débandade pour aller se terrer dans leurs cabanes.

Hercule se retrouva seul, sur la défensive. Un instant plus tard, le lion apparut. Il jaillit d'un bond sur le surplomb d'un rocher et s'y immobilisa fièrement. Sa taille était impressionnante. Au milieu d'une crinière couleur de feu, deux cruelles prunelles violettes luisaient au-dessus d'une gueule aux crocs acérés. Le fauve considéra l'homme en contrebas avec une sorte de pitié. Hercule fit taire sa peur. Il banda son arc et ajusta son coup avec soin. Il craignait que l'animal bondisse ou esquisse un mouvement de fuite. La flèche partit et atteignit le fauve à l'épaule ; au lieu de s'y planter, elle ricocha... et alla se perdre dans un taillis.

– Eh bien, murmura Hercule stupéfait, tu as la peau dure !

Aussitôt, il saisit une seconde flèche, banda son arc de toutes ses forces et tira en visant le cœur. Une nouvelle fois, la flèche rebondit sur le pelage comme sur la carapace d'une tortue. Le monstre ouvrit la gueule, bâilla et rugit. On eût dit qu'il narguait son adversaire. Puis il se détourna tranquillement et s'éloigna.

Exaspéré, Hercule le suivit. Parfois, l'animal s'arrêtait et le chasseur lui décochait une nouvelle flèche ; il visait le cou, les flancs, tâchant de repérer chez le monstre un endroit vulnérable. En vain : quand les coups du tireur étaient très violents, les flèches, au lieu de rebondir, se brisaient sur le corps du lion !

À la nuit tombée, Hercule en eut assez. Il défia l'animal, cria :

– Pourquoi fuis-tu sans cesse ? As-tu peur de te mesurer à moi ?

À ces mots, le fauve fit volte-face et s'élança,

gueule ouverte, vers son adversaire. Hercule tira
son glaive et le brandit à deux mains. Dès que le
monstre fut à sa portée, il lui asséna un coup qui
aurait pu trancher un cheval en deux. Mais le fer
de son arme se tordit sans pénétrer la peau !
Hercule pensa que l'animal allait le dévorer ; mais
comme s'il dédaignait une proie trop facile, le lion
s'en alla et disparut dans la nuit.

Hercule, dépité, alla retrouver les bergers. Ils
s'étaient réunis autour d'un feu dans la clairière et
l'invitèrent à partager leur repas.

– Ainsi, lui dirent-ils, tu as échappé à la fureur
du lion de Némée ?

– Oui. Je l'ai même affronté. Mais sa peau
semble plus dure que le fer de mon glaive !

– Que crois-tu, jeune étranger ? déclara l'un
d'eux. Ce n'est pas là un lion ordinaire, son origine est divine !

– Que veux-tu dire ? demanda Hercule, intrigué.

– Connais-tu le dieu Typhon, cet enfant né de Gaïa[1]

---

1. C'est-à-dire de la Terre .   .

et du Tartare[1] ? Ce dieu dont les doigts sont des têtes de dragon est si gigantesque que sa tête touche les étoiles ! Sais-tu que Typhon a longtemps tenu tête à Jupiter lui-même ?

– Oui. Et Jupiter l'a vaincu ! dit Hercule en redressant le torse.

– Hélas, avant que le dieu de l'Olympe ne le jette aux Enfers, Typhon s'est uni à Échidna, la femme-serpent. Il a engendré des monstres[2] aussi terrifiants que lui. Le lion de Némée, vois-tu, est l'un des fils de Typhon !

– Serait-il invulnérable ?

– Je le crois ! répliqua un autre berger. On dit que Junon elle-même a nourri et élevé ce fauve avant de le lâcher en Argolide, pour notre plus grand malheur ! Depuis des générations, il ravage les troupeaux, dévaste les villages et dévore les habitants de la région.

Le lendemain, en parcourant la forêt de Némée à

---

1. C'est-à-dire les Enfers
2. Cerbère, Orthros, la Chimère, l'Hydre de Lerne, le Sphinx...

la recherche du lion, Hercule réfléchit. Il abandonna son glaive tordu et se sépara de son carquois et de son arc inutiles. Sur le sol, il aperçut une branche d'olivier noueuse, très épaisse. Il en apprécia la dureté ; il n'oubliait pas la façon dont il avait ouvert une brèche au fleuve qui avait emporté l'armée d'Erginos.

– Une massue ! s'exclama-t-il. Puisque mes flèches et mon épée sont impuissantes à percer sa peau, je vais tenter de l'assommer !

Muni de cette nouvelle arme, il s'enfonça dans la forêt. Il eut vite fait de repérer les traces du fauve. Bientôt, il aboutit à l'entrée d'une caverne. La puanteur qui s'en dégageait et les ossements entassés à l'entrée ne laissaient aucun doute : c'était l'antre du lion !

Hercule enjamba les charognes et, massue levée, pénétra dans la grotte. Un rugissement de contrariété l'accueillit. Dans l'obscurité, il aperçut deux prunelles luisantes.

– Cette fois, murmura-t-il, tu seras bien forcé de m'affronter !

Il entendit le lion qui s'éloignait dans les profondeurs de la caverne. Hercule malgré tout
avança. En débouchant à l'air libre, il comprit :
l'antre avait deux issues, ce qui avait permis au
fauve de fuir et d'échapper à son poursuivant ! À
présent, il était loin.

– Tu ne perds rien pour attendre. Je te réserve
une surprise à ton retour...

Profitant de l'absence du lion, il explora les
environs. Il repéra, en amont de la caverne, un
énorme rocher. De l'épaule, il le fit rouler puis,
d'un coup, le fit basculer. Le bloc vint tomber
exactement devant la seconde issue.

– À présent, dit Hercule en se postant près de

l'entrée, je t'attends !

La nuit entière passa sans que le lion de Némée se montrât. Enfin, le fauve apparut. Sa crinière était encore tachée du sang de ses dernières victimes. Sans méfiance, l'animal pénétra dans son antre. Hercule attendit quelques instants puis se risqua à son tour dans la caverne. Brandissant sa massue, il hurla :

– Eh bien, accepteras-tu enfin de me faire face ?

L'écho répéta sa voix, et les pas du fauve qui s'éloignait. Bien sûr, il ne put s'échapper : quand il comprit que sa seconde issue était bouchée, le monstre grogna, fit demi-tour et vit que son adversaire lui bloquait la sortie. Il se précipita sur lui !

Hercule lui asséna sur le crâne un coup formidable auquel aucun être vivant n'aurait pu résister. Le fauve parut à peine étourdi : il recula pour revenir aussitôt à la charge. Une nouvelle fois, Hercule le frappa à la tête, si violemment que la massue lui échappa des mains. Comme le fauve s'apprêtait à fuir, Hercule comprit qu'il n'avait pas le choix : ce serait un combat au corps à corps ! Au moment où l'animal le frôlait pour quitter la caverne, Hercule se jeta sur lui et enserra sa gorge entre ses bras. Le monstre rugit en se débattant ; Hercule accentua encore sa pression en évitant les crocs qui cherchaient à le mordre. Les adversaires roulèrent dans la poussière, parmi les ossements entassés à l'entrée de la grotte. Bientôt, les mouvements du fauve se firent saccadés et de moins en moins violents ; ses yeux violets se ternirent et sa tête se fit plus lourde.

Quand Hercule écarta les bras, le corps du monstre s'effondra à terre, sans vie. Haletant, Hercule considéra sa victime.

– J'ai vaincu le lion de Némée !

Il se souvint de l'ordre d'Eurysthée : « Ne reviens pas sans me rapporter sa peau ! » Il alla récupérer son glaive et essaya d'entamer le pelage du monstre. Hélas ! Même dans la mort, le lion avait conservé son pouvoir : aucun fer ne pénétrait sa fourrure.

Hercule comprit qu'il n'était pas au bout de ses

peines et que l'intelligence devait maintenant sup-
planter la force. Mais la colère et le désarroi l'em-
pêchaient de réfléchir.

– Comment faire ? murmurait-il, à la recherche
d'une idée.

De ses ongles, il laboura cette crinière aussi dure
que le métal dans l'espoir de l'égratigner. Il aperçut alors les pattes du fauve.

– Bien sûr ! s'exclama-t-il, si quelque chose peut
couper la peau de ce monstre, ce sont... ses propres
griffes !

Il s'empara d'une patte du cadavre dont les
griffes parvinrent aisément à déchirer la toison.
Quand il eut dépouillé l'animal, il revêtit sa peau
et, tel un casque, rabattit la tête du lion sur son
visage. Vêtu de cette armure insolite, il se présenta aux portes du palais.

– Menez-moi au roi ! ordonna-t-il aux soldats.

Quand Eurysthée vit entrer ce qu'il prit d'abord
pour un lion, il crut mourir d'épouvante.

– C'est moi, ton cousin ! fit Hercule en s'inclinant.

Il enleva de ses épaules la pelisse qu'il jeta aux pieds du roi.

– Je t'apporte la dépouille du lion de Némée !

Eurysthée ne pouvait porter les yeux sur l'animal sans frémir. À présent, il avait l'impression d'avoir devant lui deux ennemis invincibles au lieu d'un. Il songeait à la colère de Junon s'il conservait la peau de ce monstre qu'elle avait autrefois nourri.

– Je n'en veux pas ! s'exclama-t-il avec un mouvement d'horreur.

– Que dois-je en faire ?

– Garde-la ! Emporte-la loin d'ici. Et désormais, ne te présente plus devant moi. Je t'interdis l'entrée de mon palais !

Hercule était décontenancé devant cette réaction inattendue.

– Mais comment recevrai-je alors tes ordres ?

– Mes ordres ?

– Je reste à ton service, Eurysthée.

Hercule s'agenouilla humblement et ajouta :

– Dis-moi quelle nouvelle tâche tu m'imposes ;

j'obéirai.

– Soit, soit ! répondit précipitamment le roi.
Mais d'abord, quitte la ville.

Tandis qu'Hercule, vêtu de la peau du lion de
Némée, franchissait la porte de la ville de
Tirynthe, Eurysthée, dans son palais, invoquait
Junon : il la suppliait de lui suggérer un travail
impossible à accomplir, une épreuve qui le débar-
rasserait définitivement de cet encombrant cousin.

Dans la nuit qui suivit, Jupiter, sur l'Olympe,
décida de créer plusieurs étoiles pour saluer le premier travail de son fils.

C'est ainsi que naquit la constellation du Lion.

IV

UN MONSTRUEUX
TÊTE À TÊTES

OU L'HYDRE DE LERNE

NON LOIN de la ville d'Argos, dans la région de Lerne, s'étendait un immense marécage dont nul n'osait s'approcher : c'était le repaire d'un énorme reptile, l'hydre, qui possédait neuf têtes. Comme le lion de Némée, l'hydre était l'un des enfants engendrés par les géants Typhon et Échidna. Mais ce dragon était plus redoutable qu'un fauve ! Son haleine empoisonnée dissuadait les êtres vivants de l'attaquer. De plus, sa tête centrale, la plus grosse, était immortelle. Qui aurait pu venir à bout d'un tel monstre ?

« Personne ! pensait Eurysthée avec un sourire mauvais. Pas même Hercule... »

Oui, il avait trouvé le moyen infaillible de se débarrasser de son cousin ; il le convoqua aussitôt aux portes de Tirynthe. Du haut des murailles de la ville, il lança :

– Hercule, je t'ordonne de tuer l'hydre de Lerne !

Le fils de Jupiter et d'Alcmène faillit protester : qu'on lui confie un travail difficile qu'il puisse accomplir... mais pas une mission impossible ! Déjà, Eurysthée se fâchait :

– Eh bien, va ! Qu'est-ce que tu attends ?

Hercule s'inclina en signe de soumission. Puis il ajusta sur ses épaules la peau du lion qui lui servait de tunique et s'éloigna, perplexe. Comme il cheminait, tête basse, en direction du fameux marais de Lerne, il aperçut devant lui, sur la route, un léger nuage de poussière. Il ne tarda pas à reconnaître son propre char, que dirigeait un adolescent dont les traits lui semblèrent familiers. Des souvenirs douloureux lui revinrent, qui dataient de l'époque heureuse où son père lui apprenait à manier cet engin rapide tiré par quatre superbes chevaux blancs.

– Salut à toi, Hercule ! lui lança le conducteur en souriant.

Il s'arrêta et, d'un geste, invita le héros à monter auprès de lui. Comme Hercule déclinait l'offre, le jeune homme ajouta :

– Tu ne me reconnais pas ? Je suis Iolas, le fils de ton frère Iphiclès.

– Iolas ! s'exclama Hercule en s'approchant de son neveu pour le serrer contre lui. Que fais-tu ici ?

– J'ai appris ton infortune. Je sais que tu dois accomplir les travaux que t'imposera Eurysthée, et je viens te proposer mon aide.

– Ton aide ? Hélas, tu ne me seras d'aucun secours, Iolas. Et puis tu n'es encore qu'un enfant.

– Oh, Hercule, s'il te plaît, laisse-moi t'accompagner !

– Voudrais-tu donc combattre l'hydre de Lerne ?

À l'évocation de ce nom, le jeune homme pâlit et murmura :

– Permets-moi au moins de te conduire jusqu'aux marais.

– Arrête-toi, Iolas ! Les chevaux peinent et le char s'embourbe.

Hercule et son neveu descendirent et poursuivirent la route à pied. Le sol était humide et fangeux, encombré de joncs, parcouru par des nappes d'un brouillard épais et nauséabond. Ils progressaient lentement, pataugeant dans le marécage. Autour d'eux régnait un silence de mort. Une nuée pestilentielle les fit soudain reculer.

– Nous n'irons pas plus loin, dit Hercule en se

bouchant le nez. L'air est empoisonné !

— Donc, l'hydre n'est pas loin, murmura Iolas.

Ils scrutèrent la surface de l'eau. Hercule y jeta plusieurs cailloux, lança quelques cris de défi avec l'espoir de débusquer la bête. Iolas, le nez dans le pan de sa tunique, marchait dans les pas de son oncle. Le temps passait.

— Elle se cache ! Comment la faire sortir ?

Hercule s'impatientait. Il s'efforça de garder son calme, pria Minerve de lui inspirer une idée et s'exclama soudain :

— Oui... Des flèches enflammées ! Iolas, allume un feu !

Le jeune homme obéit, revint sur la berge, ramassa du bois mort et confectionna un brasier. Hercule y plongea ses flèches qu'il envoya au centre du marais, illuminant sa surface embrumée. Il s'apprêtait à échafauder un autre plan quand, à vingt pas devant lui, une tête monstrueuse émergea en rugissant ; son cou, interminable, serpenta vers la berge.

— Iolas, fuis !

Massue levée, Hercule avança vers l'effroyable apparition qui ouvrait une gueule armée de dents. Il évita les crocs qui mordirent sa tunique – mais la peau du lion de Némée était impénétrable ! Et, retenant sa respiration, Hercule asséna un coup formidable sur la tête qui cherchait à happer son ennemi. Il y eut un craquement sinistre, un flot de sang jaillit : le héros avait brisé le crâne de la bête, il n'en restait qu'une horrible bouillie !

– Hercule, attention ! hurla Iolas qui suivait le combat depuis la rive. L'hydre sort du marais !

À présent surgissaient de l'eau, ici et là, deux, trois... huit nouvelles têtes qui crachaient une haleine empoisonnée ! Elles rampaient, mena-çantes, vers ces humains imprudents qui s'étaient aventurés jusque-là. Hercule, prêt à combattre, leva encore sa massue. Mais il suspendit son geste, fasciné par un phénomène extraordinaire : à ses pieds, gigotant dans l'eau du marécage, le cou san-glant de la tête écrabouillée de l'hydre semblait animé d'une étrange vie : à l'extrémité du moignon, une nouvelle tête apparut – puis une seconde !

Oui, des têtes jumelles poussaient à vue d'œil sur le cou de l'animal. Ses pouvoirs étaient donc fabuleux...

Hercule eut un moment d'indécision quand une voix le héla :

– Ton glaive, vite !

Depuis la rive, Iolas lui lança l'arme qu'Hercule attrapa par la poignée. Comme deux autres têtes le menaçaient, suivies d'une troisième qui s'approchait en sifflant, Hercule prit son élan... et il exécuta un moulinet qui trancha net les trois cous ! En bouillonnant, des flots rouge sombre jaillirent des orifices, éclaboussèrent la peau du lion qui protégeait Hercule.

– Prends garde ! hurla Iolas, le sang de l'hydre est un poison !

Le héros recula et, incrédule, murmura :

– Les têtes... elles repoussent encore !

Hercule se résigna à revenir sur la berge. Mais il ne pouvait détacher son regard de l'hydre dont les têtes multipliées se tendaient vers lui en le narguant.

– Voilà pourquoi certains affirment que l'hydre a cent têtes ! dit Iolas en réprimant une nausée. Renonce, mon oncle, ne vois-tu pas qu'en t'acharnant sur ce monstre, tu décuples ses pouvoirs ?

Hercule répugnait à reconnaître sa défaite. Il cherchait un subterfuge. Il aperçut alors les restes du foyer que son neveu avait allumé. Il saisit un brandon enflammé.

– Iolas... lorsqu'on est gravement blessé ou encore amputé d'un membre, sais-tu comment on empêche le sang de couler ?

– Oui ! On cautérise la plaie avec un tison. Mais la douleur est insupportable.

– Ma foi, ça ne sera pas à moi de la supporter ! Éloignons-nous un peu. Prends cette torche, Iolas, j'ai une idée...

Rendue furieuse par la présence des intrus qui rôdaient sur son territoire, l'hydre se dirigea vers la rive en faisant ramper ses cous serpentiformes. Hercule bondit à l'intérieur du char, invita son neveu à monter à ses côtés, fit claquer son fouet et lança :

– Allez, vous autres, au galop ! Et toi, Iolas, tiens les rênes d'une main et la torche enflammée de l'autre.

– Que veux-tu faire ?

– Le tour du marécage ! Essayons de provoquer ce monstre.

C'était inutile : l'hydre ne semblait pas vouloir laisser échapper ses proies. Tandis que le char roulait le long de la berge, elle tendit l'une de ses têtes. De son glaive, Hercule la trancha d'un coup ! Puis il hurla :

– Le tison, vite !

Iolas appliqua la torche enflammée sur la plaie sanglante du cou. Aussitôt, les autres têtes hurlèrent et se tordirent de douleur. Il y eut un grésillement atroce ; une odeur de chair brûlée se mêla aux brumes stagnantes du marais.

– Tu avais raison, constata Iolas en fouettant les chevaux, les têtes ne repoussent pas sur le cou que j'ai brûlé !

Avec la hargne d'un animal enragé, l'hydre

avança une autre tête ; Hercule la décapita aussi vite que la précédente – et aussi vite, Iolas plongea son brandon sur le cou mutilé. Alors, le monstre, rassemblant ses forces, essaya de cerner le char en marche en faisant converger vers lui ses longs cous semblables à des vers immondes.

– Vite, Iolas, cautérise !

Devant tant de gueules dressées vers lui, on aurait pu croire qu'Hercule ne savait plus où donner de la tête ; mais son glaive tournoyait avec précision et son arme faisait un vrai carnage !

Soudain, les chevaux s'embourbèrent, les roues s'enfoncèrent dans le sol trop mou. Le char versa, jetant ses occupants à terre. En une seconde, Hercule fut debout ; face à lui, l'hydre laissait pendre ses appendices inutiles, telle une pieuvre aux tentacules impuissants. Le monstre ne possédait plus qu'une seule tête, la plus grosse, qui dardait vers le héros un regard furibond. Iolas, agenouillé dans la boue, murmura :

– Celle-ci, hélas, est immortelle ! Hercule... nous sommes perdus.

Le héros ne s'avouait pas vaincu. Même si toute résistance semblait vaine, il voulait lutter jusqu'au bout. Cependant, au cours de leur chute, son glaive était tombé dans l'eau. Il fouilla la vase, sentit sous ses doigts une poignée – la saisit et la brandit face à la tête hideuse au moment où elle ouvrait une gueule immense. Il laissa échapper un cri de surprise que Iolas, trois pas derrière lui, répéta en écho : ce qu'il avait en mains n'était pas son épée mais une serpe en or, si ouvragée, si somptueuse qu'Hercule s'écria :

– C'est un cadeau des dieux !

À cet instant, à l'endroit même où le héros avait trouvé la serpe, un énorme crabe pinça Hercule au talon. Le héros cria de douleur – et ce bref instant d'inattention faillit lui coûter la vie. Il réagit à temps et trancha la dernière tête de l'hydre qui alla rouler au loin. Alors, au centre du marais, le corps immense de la bête entièrement décapitée eut un sursaut d'agonie avant de s'engloutir lentement dans le marécage.

Hercule reprit sa respiration. Son neveu, toujours agenouillé, semblait pétrifié : il contemplait la dernière tête de l'hydre échouée sur la berge du marais. Elle ne cessait d'ouvrir et de refermer sa gueule, et roulait des yeux meurtriers. Il bredouilla :

— Même privée de corps, elle continue de vivre !

Hercule, lui... ne perdit pas la tête : il sortit toutes les flèches de son carquois et alla les tremper dans le sang qui s'échappait encore du cou. À son neveu qui s'étonnait, il expliqua :

— Grâce à ce poison, désormais tous mes coups seront mortels !

Hélas ! Il ne se doutait pas qu'un jour, dans très longtemps, ce sang deviendrait l'instrument de sa propre mort...

Enfin, il se tourna vers la dernière tête de l'hydre.

— Tu es immortelle, soit ! lui dit-il en la fixant dans les yeux. Mais à présent que te voilà isolée et immobile, à quoi te sert l'éternité ?

Du pied, il roula la tête devant lui. Sans écouter les cris de rage qu'elle proférait, il la poussa loin de l'eau jusqu'à un trou profond, où il la fit tomber. Puis, pour étouffer ses hurlements de colère, il fit basculer sur elle un énorme rocher et, en guise d'oraison funèbre, il déclara :

– Cette dernière tête ne me revenait pas du tout.

– Hercule, fit Iolas, cette étrange serpe que tu as trouvée dans la vase... où est-elle ?

Ils partirent à sa recherche mais ils ne la retrouvèrent pas. Pas plus qu'ils ne revirent le crabe qui avait blessé Hercule au pied.

Là-haut, sur l'Olympe, Junon laissa éclater sa fureur :

– Tu triches, Jupiter ! Crois-tu que j'aie été dupe ? Dis-moi, qui a mis sous les doigts de ton fils cette arme miraculeuse ?

– Tous les coups sont permis ! répliqua le dieu de l'Olympe en bougonnant. D'ailleurs, n'est-ce pas toi qui as eu l'idée de faire surgir sous ses pieds ce maudit crabe ?

– Hercule s'en est bien tiré, soupira Junon. Pour cette fois, je reconnais ma défaite : ma ruse a échoué, la tienne a réussi.

Jupiter était si heureux du second succès de son fils qu'il décida, pour modérer le dépit de son épouse, de rendre hommage à l'animal qu'elle avait pourtant perfidement placé sur sa route. De son bras armé du foudre, il désigna le ciel étoilé. Dans un grondement terrifiant, de nouveaux astres apparurent.

Et c'est depuis le jour où Hercule vainquit l'hydre de Lerne qu'existe dans le ciel nocturne la constellation du Crabe...

V
Un Sanglier
pour Eurysthée

ou Le sanglier d'Érymanthe

Les paysans qui avaient demandé audience à Eurysthée se prosternèrent devant lui en gémissant :

– Ô grand roi de Tirynthe, nous venons du mont Érymanthe et nous implorons ton aide ! Un sanglier dévaste nos cultures, dévore nos troupeaux, anéantit nos récoltes.

– Un simple sanglier ? demanda Eurysthée, perplexe.

– Oui. Mais si énorme qu'il pèse autant qu'un bœuf, si coriace et infatigable que toutes nos battues ont échoué !

– Que croyez-vous que je puisse faire pour vous ? fit Eurysthée en haussant les épaules. Dois-je mobiliser mon armée pour débusquer et abattre un malheureux sanglier ?

– Oh non, grand roi ! Mais nous avons pensé qu'Hercule...

Eurysthée pâlit et se leva. Il semblait très irrité. Décidément, même si le pouvoir ne semblait pas intéresser son cousin, sa renommée grandissait dangereusement. S'il n'y mettait pas bon ordre, c'est Hercule qu'on porterait bientôt en triomphe sur ce trône.

– C'est bon, je ferai le nécessaire ! fit-il en congédiant ses visiteurs.

Il quitta son palais, se rendit sur les remparts et convoqua son cousin au bas des portes de la ville. Demander à Hercule d'éliminer ce fameux sanglier ? Bah, pour lui, ce serait un jeu ! N'avait-il pas tué le lion de Némée réputé invincible et décapité l'hydre de Lerne dont l'une des têtes était pourtant immortelle ?

Pensif, Eurysthée cherchait comment transformer cette tâche en un travail impossible à accomplir, comment rendre Hercule ridicule aux yeux de ce peuple qui l'admirait déjà beaucoup trop. Du haut de l'Olympe, Junon lui souffla une idée. Il ordonna :

– Hercule, tu dois capturer le sanglier du mont Érymanthe. Je veux que tu le déposes vivant à mes pieds !

– Vivant ? s'étonna Hercule. Pourquoi vivant ?

– Parce que je l'ai décidé ainsi !

Surpris, Hercule se tut : selon l'oracle, il devait accomplir tous les travaux que lui commanderait son cousin. Les dieux, à travers Eurysthée, voulaient-ils l'humilier ou tester sa condition d'humain ?

C'était l'été. La chaleur était devenue si acca-
blante qu'Hercule résolut de ne marcher que le
soir ou le matin. Il lui fallut plusieurs jours pour
rejoindre la rivière Érymanthe. Il en remonta le
cours jusqu'à ce qu'il aperçût le haut sommet de la
montagne boisée qui portait le même nom. Il entra
dans une vallée dont le sol semblait avoir été
ravagé par un tremblement de terre. Des paysans
le reconnurent, s'agenouillèrent en gémissant :

– Vois, Hercule, l'état où le sanglier a laissé nos
champs ! Délivre-nous de ce monstre ! Nous savons
que tu manies mieux que personne le glaive, l'arc et
la massue.

Hercule ne répondit rien. Cette fois, ses armes
ne lui seraient d'aucun secours car il ne voulait pas
prendre le risque de blesser l'animal. Il demanda :

– Où puis-je le trouver ?

– Regarde : il est si lourd que ses traces s'enfoncent
profondément en terre. En les suivant, tu débusqueras
ce monstre dans sa bauge[1].

---

1. Mare boueuse dans laquelle séjourne volontiers le porc ou le sanglier.

Hercule se mit en route.

Pister le sanglier était facile : partout où il était passé, les troncs d'arbres étaient lacérés, la terre retournée. Le héros s'enfonça dans la forêt. Le soir, son attention fut attirée par des grognements. Il avança avec prudence, se faufila entre les taillis. Soudain, il tomba nez à nez avec le sanglier ! Il était là, énorme, noir de poil, affalé dans une mare boueuse, occupé à fouiller le sol de son groin armé de deux crocs puissants. Quand l'animal aperçut cet intrus, il leva la tête, intéressé par cette visite qui ne le surprenait pas. Sa gueule s'ouvrit dans une sorte de sourire narquois, et il grommela :

– Meuf-meuf !

Stupéfait, Hercule répliqua :

– Comment ? Que dis-tu ? Est-ce à moi que tu t'adresses ?

– Meuf-meuf ! répéta le sanglier comme s'il se moquait de lui.

Après quoi il se leva le plus tranquillement du monde et s'éloigna en trottinant, laissant le héros sur place, abasourdi.

Quand il reprit ses esprits, l'animal avait pris une telle avance qu'Hercule dut renoncer à se lancer à sa poursuite : la nuit tombait.

La rage au cœur, le chasseur monta sur la fourche d'un grand arbre pour dormir. À l'aube, il se remit à suivre les traces de l'animal. Vers midi, non seulement il ne l'avait toujours pas rejoint, mais il se rendit compte que cette maudite bête lui avait fait accomplir un périple acrobatique : Hercule s'était déchiré bras et jambes dans des forêts d'épines, et il avait manqué se rompre le cou en longeant plusieurs précipices.

– Forcément ! maugréa-t-il. Ce sanglier est sur son territoire. On dirait qu'il veut m'épuiser en m'entraînant dans les lieux les plus dangereux. Il s'arrange pour que le vent lui apporte toujours mon odeur, si bien qu'il me repère de loin !

Il décida de prendre quelques jours pour explorer le mont Érymanthe afin de maîtriser le terrain aussi bien que son ennemi. Puis, après avoir étudié ses habitudes, il se posta un matin sur la route que le sanglier empruntait pour descendre dans la vallée. Caché dans un arbre au-dessus du sentier, il avait l'intention de se laisser tomber sur l'animal et de le ligoter par surprise. Mais les heures, longues, coulaient...

Soudain, il entendit un grognement du côté opposé.

– Meuf-meuf ?

La tête levée, le sanglier semblait l'attendre et lui faire signe.

– Ma parole... mais tu me nargues !

Hercule remarqua que la bête avait le même rictus qu'Eurysthée. Oui : si son cousin pouvait être comparé à un animal, c'est au sanglier d'Érymanthe qu'il ressemblait !

Cette affinité décupla la colère d'Hercule. Il se laissa tomber de l'arbre. Le sanglier attendit qu'Hercule arrive près de lui pour s'enfuir. Comme s'il avait su que cet humain n'avait pas le droit de se servir d'une arme.

– Soit ! dit Hercule. Tu me défies à la course ? Nous verrons bien lequel de nous deux s'épuisera le premier !

Le sanglier détala. Il traversa la forêt au galop, fit le tour des clairières, s'engouffra dans des tunnels de verdure. Le soir venu, il gagna la vallée où, durant la nuit, Hercule perdit sa trace. Le monstre y fit plus de ravages encore que d'habitude.

Le lendemain, le même manège recommença : alors qu'Hercule cherchait le sanglier, c'est le sanglier qui le trouva.

– Meuf-meuf ! faisait-il de son vilain groin humide.

Puis il se jetait dans les taillis où Hercule s'élançait à sa poursuite.

Ce petit jeu dura tout un mois. Hercule avait beau rivaliser de vitesse et de ruse, le sanglier parvenait toujours à lui échapper. Et chaque fois, Hercule achevait ces courses interminables vexé, essoufflé, courbatu.

L'automne vint. Les paysans de la vallée ne comprenaient pas pourquoi Hercule n'abattait pas le monstre d'une flèche. Déjà, ils se lamentaient sur le sort des récoltes à venir.

– À quoi bon semer ? disaient-ils, découragés.

– Prenez patience. Vous serez bientôt délivrés.

À présent, Hercule connaissait parfaitement les lieux. Il avait échafaudé un plan ; il passa plusieurs semaines, sur le mont Érymanthe, à déplacer des blocs de pierre, à creuser de profonds fossés, à élargir çà et là des sentiers, et à créer de nombreuses impasses.

Un matin de décembre, des flocons se mirent à tomber. La montagne et la vallée d'Érymanthe se recouvrirent d'une couche de neige si épaisse que les paysans renoncèrent à sortir. Muni d'une simple corde, Hercule se dirigea alors vers la forêt où le sanglier devait se dissimuler.

Il repéra vite les traces de l'animal. Hercule progressait lentement ; mais la bête, dix fois plus lourde qu'un homme, devait se déplacer plus difficilement encore. Quand Hercule parvint à proximité de sa bauge, il entendit un grognement contrarié.

– Meuf-meuf ?

– Eh oui... Tu ne t'attendais pas à ma visite ?

Le monstre se leva lourdement. En prévision de l'hiver, il avait fait ses provisions de graisse à l'automne, ce qui le rendait plus maladroit. Cependant, il se mit à courir en se dandinant dans la neige. Hercule se lança à sa poursuite. Comme il l'avait prévu, l'animal s'essoufflait ; il évitait d'instinct les pentes trop rudes, empruntait les chemins qui lui semblaient faciles – ceux-là mêmes qu'Hercule avait passé l'automne à tracer.

La chasse dura toute la journée. Le soir, comme Hercule l'espérait, le monstre s'engagea sur un sentier qui descendait en serpentant le long de la montagne, un sentier de plus en plus étroit, qui ne lui permettrait pas de faire volte-face.

L'animal comprit qu'il était coincé : le chemin s'achevait là, sur une plate-forme minuscule qui dominait un petit ravin.

– Cette fois, lui murmura Hercule, tu vas

devoir m'affronter !

Le sanglier haletait, épuisé, alourdi par la neige et la glace qui s'étaient agglutinées sur sa soie. Il était devenu une proie facile à capturer. Hercule prit son élan et se jeta sur lui. La bête, dans un dernier sursaut, fit un écart. Ses sabots glissèrent sur le roc gelé – et son poids l'entraîna dans le vide !

Heureusement, Hercule avait tout prévu et sa chute ne fut pas mortelle : l'animal était tombé quelques mètres plus bas, à demi assommé par le choc que l'épaisse couche de neige avait amorti.

Hercule rejoignit le sanglier affalé sur le flanc. Il le ficela et le hissa d'un coup sur ses épaules !

C'est chargé de cet énorme fardeau qu'il traversa la vallée. Cette fois, les paysans quittèrent leurs huttes. Ils saluèrent cette victoire avec de grandes clameurs et ils accompagnèrent le vainqueur jusqu'aux portes de Tirynthe.

Les gardes, impressionnés, hésitèrent :

– Hélas, Hercule, nous avons ordre de ne pas te laisser entrer !

– Et moi, répondit-il, j'ai l'ordre de déposer cet animal aux pieds d'Eurysthée !

– C'est vrai, leur fallut-il admettre. Nous étions là quand le roi l'a décrété.

Ils ouvrirent les portes de la ville. Le sanglier toujours sur les épaules, Hercule entra et alla jusqu'au palais. Les gardes n'eurent même pas le temps d'annoncer au roi la visite de son cousin : celui-ci pénétra dans la salle du trône. Eurysthée, surpris, se leva sans comprendre ce qui arrivait. Il écarquilla les yeux, bredouilla :

– Par tous les dieux de l'Olympe... que fais-tu là ? Et qu'est-ce que tu m'apportes ?

S'approchant, Hercule se tourna d'un coup pour que l'énorme mufle du sanglier se retrouve sous le nez d'Eurysthée.

– Meuf-meuf ! grogna l'animal.

Eurysthée poussa un hurlement. Pris de panique, il s'enfuit et se précipita vers la première cachette qu'il trouva : une énorme jarre vide qui, à quelques pas du trône, servait à recueillir les eaux de pluie. Sous les yeux stupéfaits de ses propres

gardes, Eurysthée y plongea la tête la première !
Tandis que les témoins de la scène éclataient de
rire, Hercule se dirigea vers la jarre. Se hissant sur
la pointe des pieds, il hurla à son cousin :

– Eurysthée ? J'ai obéi à tes ordres, j'ai capturé
le sanglier d'Érymanthe... Tu avais bien précisé
que je devais le déposer vivant à tes pieds ? Eh
bien, attention, le voici !

D'un mouvement d'épaules, il fit basculer le
monstre dans la jarre. Et avant de quitter le palais,
il fut sans doute le seul à distinguer, parmi les
exclamations et les hourras qui jaillissaient de
toutes parts, un cri qui répondait aux hurlements
de terreur d'Eurysthée. Ce cri narquois et obsé-
dant résonnait dans la jarre et ne cessait de répéter
au roi : meuf-meuf... meuf-meuf...

VI

À LA POURSUITE
DE LA BICHE SACRÉE...

OU LA BICHE DU MONT MÉNALE

UN SOIR, un voyageur entra dans la ville de Tirynthe ; à qui voulait l'entendre, il affirmait avoir vu la fameuse biche du mont Ménale. Eurysthée le convoqua à son palais. Arrivé devant le trône, l'étranger se prosterna.

– Oui, grand roi ! confirma-t-il. J'ai rencontré cet animal fabuleux !

Son regard émerveillé prouvait qu'il ne mentait pas. Aux côtés d'Eurysthée se trouvait sa fille,

111

Admète. Elle demanda :

– Pourquoi cette biche est-elle si extraordinaire ?

– Parce qu'elle est consacrée à Diane ! expliqua le voyageur. Ignorez-vous son histoire ?

– Oh, raconte-la-moi ! pria Admète.

– Vous savez que Jupiter a aimé Léto, la fille des Titans[1] ? Elle lui a donné des jumeaux : Artémis et Apollon.

– Artémis n'est-elle pas la déesse de la Lune et de la chasse ? demanda Admète. C'est bien elle qu'on appelle aussi Diane ?

– Oui. Elle est très farouche ; elle passe sa vie à courir les bois avec l'arc et les flèches d'argent que son père lui a offerts. Un jour, dans la forêt, Diane traqua cinq biches. Elles avaient des cornes en or et des sabots en airain ! Elle en captura quatre et les attela à son char. Elle ne parvint jamais à attraper la cinquième, qui court encore. Eh bien, voilà : c'est elle, la biche du mont Ménale.

---

1. Géants, fils de Gaïa (la Terre) et d'Ouranos (le Ciel).

– Dis-moi, fit Eurysthée, penses-tu qu'on puisse la capturer ?

La question du roi était naïve ; son hôte sourit et répondit :

– Impossible : cette biche a échappé à la déesse de la chasse elle-même ! Et puis cet animal est sacré : nul n'a le droit de le toucher.

Eurysthée était rancunier. Non seulement il ne désespérait pas de se débarrasser d'Hercule, mais il voulait se venger du récent tour que son cousin lui avait joué. Lui donner un ordre inapplicable était le plus sûr moyen de l'humilier. Il le convoqua aux portes de la cité. Du haut des murs, il lui lança :

– Puisque tu cours si vite, je t'ordonne de capturer la biche du mont Ménale. Je veux que tu me la rapportes sur tes épaules, comme tu l'as fait avec le sanglier d'Érymanthe !

Hercule n'était pas dupe : il savait que personne ne pouvait attraper la biche à la course et encore moins y porter la main. Cet ordre pervers ne lui était donné que pour l'éloigner à tout jamais de la ville. Il partit en se lamentant sur son sort funeste.

– Hélas ! Si je n'accomplis pas ce travail, je désobéis à l'oracle, et je reste maudit pour toujours !

Contrairement à celles du mont Érymanthe, les forêts du mont Ménale étaient riantes, trouées de vastes clairières. Hercule établit son camp de base dans l'une d'elles. Il passa des jours à explorer les flancs de la montagne. Il marchait sans relâche, se nourrissant du gibier qu'il chassait. Il aperçut de nombreux animaux, des sangliers, des cerfs et même des biches – hélas très ordinaires. Peu à peu, il se convainquit que l'étranger avait menti ou rêvé : cet animal fabuleux n'existait pas.

Un matin, il se réveilla en sursaut. Le soleil, qui se levait, dardait ses rayons obliques à travers les feuillages des arbres. Et là, au milieu d'un cercle de lumière, une biche s'abreuvait au ruisseau qui serpentait dans la clairière. Malgré sa taille imposante, elle possédait une grâce admirable. Sur sa tête luisaient des bois dont l'or resplendissait dans la clarté du jour naissant.

Hercule s'approcha. L'animal leva la tête vers lui, l'observa avec de grands yeux étonnés. C'était un regard si candide, si humain, que le héros, impressionné, s'arrêta. Alors, la biche bondit ; et ses sabots luisants émirent un bruit semblable à celui de plusieurs marteaux frappant une enclume. Hercule s'élança à son tour, à la poursuite de la biche qui avait disparu sous bois.

Il ne tarda pas à la retrouver ; immobile, la tête tournée vers lui, elle semblait l'attendre. Le héros se sentit très ridicule avec son arc inutile et cette énorme massue dont il ne pouvait pas se servir.

Dès qu'il s'avança, la biche tressauta et reprit sa course dans la forêt. Elle ne forçait pas l'allure, comme si elle avait souhaité ne pas distancer l'homme qui la suivait. Mais jamais elle ne se laissait approcher à plus de vingt pas. Parfois, quand elle avait pris trop d'avance, elle ralentissait et s'arrêtait ; elle se remettait au galop dès qu'Hercule avait repris son souffle. Et quand ses sabots d'airain rencontraient un sol dur, leur doux bruit métallique faisait battre au même rythme le cœur de son poursuivant.

Le soir, elle disparut au creux d'un petit vallon, loin, très loin du mont Ménale. Épuisé, Hercule s'effondra et s'endormit, le corps enveloppé dans sa peau de lion et la tête sur sa massue. Quand il se réveilla, il se sut observé. La biche sacrée était là, à bonne distance. Elle se remit en route dès qu'il fut levé.

Vers midi, le héros, préoccupé, s'arrêta et constata :

– Elle m'entraîne vers le nord-est. Nous allons quitter l'Arcadie !

Trois jours plus tard, Hercule talonnait toujours

la biche qui avait emprunté le détroit de Corinthe et traversé la Béotie au trot. Quand elle côtoya l'Olympe, Hercule hésita à la suivre :

– Cette fois, nous sommes au bord du monde !

Il jugea que ce jeu avait assez duré ; il prit son élan et s'élança à toutes jambes. La biche démarra au galop ; elle mit entre elle et lui une plus longue distance. Quand Hercule s'arrêta pour reprendre haleine, elle stoppa sa course et le regarda. Inexplicablement, son regard humide évoquait pour le héros celui de Mégara. Ce souvenir lui arracha un gémissement. Depuis combien de temps n'avait-il pas levé les yeux sur une femme ?

– Soit, murmura-t-il. Où tu iras, j'irai !

Ce fut comme un signal : la biche se remit en route ; et Hercule la suivit.

Ils mirent plusieurs semaines à traverser la Macédoine.

Enfin, ils entrèrent dans une région où la douceur de l'air était extrême, les vallées opulentes, les montagnes couvertes d'oliviers chargés de fruits.

Des champs de céréales ondulaient sous le vent. Étrangement, la contrée restait déserte. Les semaines continuèrent de couler, sans que le temps ne marque plus aucune saison.

« Voilà près d'un an que je suis parti ! » se disait Hercule.

Devant lui, la biche aux pieds d'airain continuait d'avancer.

Une nuit, il nota que la constellation appelée la Grande Ourse se trouvait juste au-dessus de lui ; et le matin suivant, il aperçut dans le ciel, venant du nord, de longues cohortes de cygnes portés par le vent. Aussitôt, il s'exclama en frémissant :

– J'approche donc d'Hyperborée, cette île merveilleuse où Apollon apparaît tous les dix-neuf ans pour chanter ses propres louanges !

À cet instant précis, la biche fit volte-face et passa près de lui en le frôlant. Hercule comprit trop tard qu'elle lui avait laissé une brève chance de l'attraper. Il se morigéna.

La biche avait repris sa course ; elle était repartie au galop vers le sud, plaçant ses sabots d'airain exactement dans les traces qu'elle avait laissées au cours de son voyage aller. Hercule, le cœur battant, se lança à nouveau à sa poursuite.

Le trajet du retour fut plus mouvementé : alors qu'ils allaient quitter les régions hyperboréennes, un orage violent éclata, qui dura des jours et des jours... Et quand se présenta l'un des fleuves qu'ils avaient traversés quelques mois auparavant, Hercule fut frappé par les eaux noires et grondantes. Prise au piège, la biche affolée galopait le long de la rive, à la recherche d'un gué. Hercule courait et gagnait du terrain ! Quand elle fut presque épuisée, et sur le point d'être rejointe, la biche ne voulut ni s'arrêter ni se rendre : elle s'élança au trot vers les flots furieux ! Hercule sut qu'elle courait vers une noyade certaine ; épouvanté, il hurla :

– Non ! Reviens !

La biche refusait de l'entendre, elle allait entrer dans le fleuve ; alors, Hercule saisit dans son carquois une flèche ordinaire – et surtout pas l'une de celles qu'il avait enduites du sang de l'hydre. Il ajusta son coup et tira. Sa flèche, comme prévu, atteignit la biche à la cuisse. Elle poussa un cri de douleur et s'affala à terre, ses cornes d'or frôlant les eaux en colère. Hercule se précipita vers elle, arracha le trait le plus doucement qu'il put et, pour éviter que sa prisonnière ne se relève et ne s'enfuie, il agrippa les cornes d'or à pleines mains.

Au même instant, un éclair jaillit sur la grève. Deux personnages apparurent, magnifiques, et nimbés de clarté. Hercule devina qu'il avait affaire à des dieux. La beauté du premier ne laissait aucun doute sur son identité : c'était Apollon en personne ! Il était accompagné de sa sœur, Diane. La vierge farouche était armée de son arc immense et de ses flèches d'argent. Elle semblait très en colère et gronda :

– Eh bien, jeune présomptueux, tu oses défier les dieux ? Sais-tu quel châtiment est réservé à ceux qui portent la main sur la biche aux pieds d'airain ?

Hercule se savait fautif, il s'agenouilla devant les jumeaux.

– Hélas ! Je ne fais qu'obéir aux ordres d'Eurysthée – c'est-à-dire à l'oracle des dieux. N'est-ce pas toi, Apollon, qui as exigé que j'expie ainsi mes crimes ?

– C'est vrai ! répondit le dieu en posant la main sur l'épaule de sa sœur. Hercule n'avait pas d'autre choix. En blessant la biche, il l'a empêchée de périr noyée. Cet acte impie n'est pas le fait d'Hercule qui l'a accompli, mais celui d'Eurysthée qui l'a commandé.

Les jumeaux se consultèrent du regard. Puis Diane vint jusqu'à l'animal. Elle le caressa, constata que la blessure était superficielle et, d'un geste, hissa la biche sur les épaules d'Hercule.

– Porte-la à ton cousin, lui dit-elle. N'aie crainte et va ! Tu voyageras sous ma protection.

Quand Hercule revint à lui comme on sort d'un rêve, les dieux avaient disparu ; il faisait nuit. Dans la lueur de la lune, il se rendit compte que la biche était sur son dos. Il sentait sur sa joue son souffle doux et tiède.

Alors, la poitrine battant d'émotion, il se mit en

route vers Tirynthe. Il ne voyageait que la nuit, sachant que Diane veillait sur lui[1]. Et il songeait au moment où il n'aurait plus sur les épaules la chaleur de cet animal sacré qu'il transportait tendrement.

Quand Eurysthée, un matin, à l'aube, vit arriver son cousin avec son fardeau, il resta muet de stupeur : fallait-il qu'Hercule soit protégé par les dieux pour avoir, sans éveiller leur courroux, réussi un exploit aussi audacieux qu'improbable !

– Voici la biche aux pieds d'airain. Qu'en feras-tu, Eurysthée ?

Le roi, fort embarrassé, fit enfermer l'animal sacré dans une cage. Le lendemain, celle-ci était vide ! Pourtant, la porte n'était pas fracturée ni les barreaux tordus. Eurysthée, qui craignait les dieux bien davantage qu'Hercule, ne voulut pas savoir par quel prodige la biche avait pu s'échapper.

Hercule, lui, était allé dans la forêt du mont

---

1. Diane est aussi la déesse de la Lune.

Ménale se reposer de cette course interminable. Lorsqu'il s'éveilla en sursaut au milieu de la nuit, il chercha la biche, comme au temps où il la poursuivait sans répit.

Mais il était seul. Dans l'obscurité qu'éclairait la lune, un souffle de vent frais vint caresser son visage – ce vent venu du nord qu'on appelle parfois borée. Hercule ne put se rendormir.

Il savait que résonnerait longtemps en lui un vide étrange et douloureux.

VII

LE CHASSEUR
AUX CYMBALES

OU LES OISEAUX DU LAC DE STYMPHALE

– CONNAIS-TU le lac de Stymphale ? cria le
roi de Tirynthe du haut des murs de sa ville.

À ce nom, Hercule ne put réprimer un frisson.

– Oui, mon cousin, répondit-il en grimaçant d'horreur, oui... j'ai entendu parler de ce
lieu maudit !

La surface de ce lac, situé au centre de
l'Arcadie, ne reflétait plus la lumière du jour.
Depuis bien longtemps, il était devenu le do-

maine d'oiseaux cruels qui, autrefois, en fuyant une invasion de loups, avaient gagné les forêts avoisinantes. Ces oiseaux survolaient inlassablement le lac, en nuées si épaisses que ses eaux noires ne connaissaient ni la lueur du soleil ni celle des étoiles.

– Eh bien, poursuivit Eurysthée avec un mauvais sourire, j'ai un nouveau travail à t'imposer, Hercule : rends-toi au lac de Stymphale, et débarrasse-le de tous ses oiseaux, jusqu'au dernier !

La tâche s'annonçait difficile : les oiseaux du lac de Stymphale étaient les enfants de Mars, le terrible dieu de la guerre ! Ce n'étaient pas des oiseaux ordinaires : leur bec, leurs serres et leurs ailes étaient en airain ; leur taille était monstrueuse – et leur nombre si grand qu'une armée entière n'en serait pas venue à bout. On racontait qu'ils se nourrissaient de chair humaine...

Hercule soupira : il devait obéir à Eurysthée ! Il se mit en route à travers le Péloponnèse.

Une odeur infecte lui fit comprendre qu'il

approchait. Çà et là, des charognes puantes d'animaux éventrés achevaient de se décomposer. Il aperçut un champ de blé dévasté et un paysan qui se lamentait. L'homme s'écria :

– Malheureux ! Vite, rebrousse chemin ! Vois ce que les oiseaux du lac de Stymphale ont fait de ma récolte. Il y a quelques années encore, ils ne se risquaient pas jusqu'ici ; mais hélas, ils se reproduisent, leur nombre grandit sans cesse et ils semblent immortels !

À peine avait-il lancé cet avertissement qu'un oiseau apparut. Un oiseau ? Non : un monstre au bec crochu comme un pic, aux ailes aussi brillantes et acérées qu'un glaive ! Il plana vers le paysan qui, épouvanté, s'enfuit à toutes jambes ; une seconde plus tard, il s'abattait sur sa proie et lui enfonçait ses griffes pointues dans le corps. Le malheureux s'effondra sans vie, au milieu d'une mare de sang. Dans un vrombissement effrayant, d'autres oiseaux arrivèrent. Telle une nuée de mouches géantes, ils se jetèrent sur le cadavre qu'ils déchiquetèrent pour le dévorer.

Hercule avait assisté à cette scène d'horreur sans que lui soit donné le temps d'intervenir. Un piaillement métallique lui fit lever la tête. Il aperçut plusieurs oiseaux qui s'apprêtaient à fondre sur lui. Quelques plumes s'échappèrent de ce terrifiant ballet aérien et tombèrent avec une vitesse inhabituelle. Hercule faillit en saisir une au vol mais il se ravisa. Bien lui en prit : la plume, tel un couteau, vint se planter en terre à ses pieds !

Le héros posa sa massue et s'empara de son arc.

– Eurystos, mon bon maître, guide mon bras ! murmura-t-il.

Sans trembler, il décocha coup sur coup plusieurs flèches dont la pointe avait été trempée dans le sang de l'hydre de Lerne ; il visait le buste ou la gorge qui seuls semblaient faits de chair.

Presque tous ses traits firent mouche. Seuls deux oiseaux s'échappèrent en lançant un cri d'alerte ; jamais ils n'avaient eu affaire à un tireur aussi émérite !

Hercule poursuivit son chemin. Il traversa plusieurs vergers dont les arbres avaient été dépouillés de leurs fruits par les becs voraces ; domptant sa répugnance, il longea des villages dont les habitants, morts et dépecés, s'entassaient au bord du chemin.

Bientôt, il s'enfonça dans une forêt épaisse pleine de l'écho des volatiles invisibles. Il avançait l'arc bandé, prêt à tirer. Quand il parvint en vue du lac, il contempla un spectacle effroyable : dans une lueur de crépuscule, des milliers d'oiseaux survolaient à perte de vue des eaux fétides, marécageuses et puantes, encombrées d'ossements et de débris.

L'arrivée de cet humain audacieux fut saluée par des cris de colère. Plusieurs oiseaux se dirigèrent en piqué vers Hercule. Posément, le héros s'agenouilla, banda son arc, visa et abattit ses proies sans en manquer une seule. Alors, comme si ces animaux monstrueux avaient compris que cet adversaire était dangereux, ils s'éloignèrent pour se poser à l'abri des arbres qui entouraient le lac. Tandis qu'ils se dispersaient, la clarté revenait peu à peu. Quand le dernier oiseau eut quitté le ciel, le jour révéla avec encore plus de précision une vision d'apocalypse : le lac de Stymphale était un immonde cloaque. Hercule soupira : combien de temps faudrait-il avant que ses eaux ne redeviennent limpides ?

– Hélas ! s'exclama-t-il. Ma tâche n'est pas achevée : je n'ai abattu que quinze ou vingt de ces monstres ; et il me faut les exterminer jusqu'au dernier.

L'arc bandé, Hercule entreprit le tour du lac. Mais les oiseaux restaient hors d'atteinte ; ils s'étaient réfugiés dans les buissons et les fourrés épineux les plus impénétrables. Bien malin qui viendrait les en dénicher !

– Montrez-vous donc ! Avez-vous si peur de mes flèches ?

Après avoir fait le tour du lac, Hercule s'assit, découragé : aucun oiseau ne s'était montré ! Que faire ? Comment se présenter devant Eurysthée en lui avouant son échec ?

– Ô Minerve, implora-t-il, toi qui es l'ennemie jurée de Mars dont ces oiseaux sont les enfants, toi qui es déjà venue à mon secours en m'offrant l'armure qui m'a permis de vaincre l'armée d'Erginos, Minerve, j'implore une nouvelle fois ton aide !

À cet instant, un claquement métallique retentit, si violent et si proche qu'Hercule se retourna, prêt à affronter un adversaire. Il aperçut sur le sol deux magnifiques cymbales de bronze dont les coques luisaient au soleil. Incrédule, il leva les yeux au ciel.

– Est-ce à toi, Minerve, que je dois ce cadeau inattendu ? Crois-tu que j'aie envie de jouer ? À moins que... Mais oui, bien sûr !

Il s'empara des lourdes cymbales et les frappa de toutes ses forces l'une contre l'autre. Aussitôt, plusieurs oiseaux effrayés quittèrent leur abri en battant des ailes. Hercule saisit son arc et, en quelques secondes, les atteignit sans difficulté. Reconnaissant, il murmura :

– Merci à toi, déesse de l'intelligence et de la sagesse !

Il s'enfonça dans la forêt, parcourut une centaine de mètres, s'arrêta et donna un nouveau coup de cymbales.

Cette fois encore, une dizaine d'oiseaux s'échappèrent des taillis avec des cris de protestation. Ce fut un jeu d'enfant pour Hercule de les transpercer de ses flèches – oui : un jeu ! Claquant ses cymbales l'une contre l'autre, le héros s'amusait à deviner de quel endroit surgiraient les volatiles. Dès qu'ils s'élevaient, il tournait son arme vers eux, rivalisant de vitesse pour les abattre un à un avec des cris de joie. Une crainte le tenaillait pourtant ; il songeait :

« Jamais je n'aurai assez de flèches ! »

Il faut croire que Minerve veillait sur lui : Hercule avait beau puiser dans son carquois, celui-ci ne restait jamais vide !

Le héros fit à nouveau le tour du lac de Stymphale. À intervalles réguliers, il s'arrêtait, saisissait les cymbales de la déesse et les frappait vigoureusement l'une contre l'autre ; effrayés par ce vacarme, les oiseaux quittaient leur refuge ! Hercule attendait qu'ils s'éloignent et qu'ils survolent les eaux pour les tuer en plein vol. Ses victimes tombaient dans le lac l'une après l'autre.

Quand il constata que le ciel était vide, il continua de jouer ; mais c'était pour remercier Minerve de l'avoir aidé à accomplir ce nouveau travail.

Sur le chemin du retour, il croisa un berger et son troupeau qui se dirigeaient vers le lac. L'homme se prosterna devant Hercule. Le héros s'étonna. Le pâtre, radieux, s'exclama :

– Nous savons qui tu es, Hercule, et comment tu as débarrassé le lac des oiseaux qui l'infestaient !

Grâce à toi, les villages vont se repeupler, les moissons refleurir, la joie renaître dans nos cœurs !

« Ainsi, se dit Hercule tout en invitant le berger à se relever, mes travaux ne seront pas inutiles : en croyant me décourager, Eurysthée m'aide à débarrasser le monde de ses fléaux... »

Il devina que la nouvelle de son exploit arriverait bien avant lui aux oreilles de son cousin. Soudain, il sursauta en entendant un bruit d'ailes au-dessus de lui ; mais ce n'était qu'une alouette qui virevoltait dans l'air. Un pur réflexe de chasseur lui fit bander son arc et viser l'oiseau ; au dernier moment, il se ravisa. Pour la première fois de sa vie, il songea que c'était aussi cruel qu'inutile d'abattre un être vivant qui n'était pas un ennemi.

Alors, comme pour le remercier de son geste, l'alouette vint se poser sur son épaule ; et c'est chargé de ce bien léger fardeau que le héros revint vers Tirynthe.

VIII

FACE AU TAUREAU
DU ROI DES MERS

OU LE TAUREAU DU ROI DE CRÈTE

EN CE TEMPS-LÀ, au sud de la Grèce, la Crète était gouvernée par le roi Minos. Soucieux de protéger son île des tempêtes, Minos décida de se concilier les bonnes grâces du dieu des Mers et de lui faire un sacrifice. Sur un piton, face à l'océan, il déclara :

– Ô toi, grand Neptune, adresse-moi un signe ; et dis-moi quel animal je dois t'immoler !

Aussitôt, en contrebas, les eaux se mirent à bouillonner. Il en sortit un taureau – mais pas un taureau ordinaire : une bête magnifique et colossale ! On eût dit une statue conçue par le plus habile des sculpteurs : ses cornes avaient des courbes parfaites, et son poil, d'un noir profond, luisait comme un métal poli. L'animal s'ébroua, gagna la grève et se laissa capturer sans difficulté.

Subjugué, Minos l'enferma dans un enclos. Mais il ne put se résoudre à le tuer. Chaque matin, il venait se prosterner devant l'autel des dieux et murmurait :

– Égorger un si bel animal, quel dommage !

Pour retarder l'échéance, il l'utilisa pour la reproduction. Il agrandit ses troupeaux, et obtint des vaches et des bœufs dont la viande et le lait enrichirent les Crétois. Bientôt, le roi de Crète ne songea même plus à sacrifier le taureau de Neptune. Mais il savait qu'il était dangereux de manquer à la promesse faite à un dieu.

Alors un soir, presque à la sauvette, il fit amener un autre taureau, bien différent : un animal maigre et malade, qu'il fallut presque porter jusqu'à l'autel de pierre.

Minos leva son couteau et dit solennellement :

– Vois, dieu des Mers, j'obéis ! Puisses-tu continuer à m'accorder tes faveurs et à protéger notre île !

Neptune, qui s'impatientait, fut très mécontent de cette imposture. Pour punir le roi de l'impudence avec laquelle il l'avait dupé, il décida de rendre furieux le taureau qu'il lui avait envoyé. La nuit suivante, un bruit terrible réveilla le palais : le taureau de Neptune s'était échappé ! Il avait démoli à coups de cornes les murs de son enclos et éventré plusieurs gardiens.

Quand le roi de Crète comprit son erreur, il était trop tard : la bête s'était enfuie. Minos ordonna qu'on la retrouve et la capture. En vain : le taureau enragé ne se laissa plus approcher.

Depuis ce jour funeste, le monstre dévastait les vallées ; il semait panique et terreur dans l'île entière...

À Tirynthe, Eurysthée, qui avait eu vent de cette histoire, y vit une occasion inespérée de mettre à nouveau son cousin à l'épreuve et de l'éloigner. Il convoqua Hercule et lui dit :

– Je t'ordonne d'aller en Crète et de dompter le taureau du dieu Neptune ! Tiens... rapporte-le-moi donc sur tes épaules, comme tu l'as fait du sanglier d'Érymanthe et de la biche du mont Ménale !

Aussitôt, Hercule se mit en route. Il traversa toute la Laconie et embarqua pour l'île du roi Minos. Cependant, la perspective d'affronter ce taureau d'origine divine le préoccupait : n'était-ce pas un acte impie ? Pendant le trajet, le navire essuya une terrible tempête. Hercule crut y voir un signe. Il cessa d'aider les marins qui luttaient contre les flots en colère. Se tenant au bastingage, il déclara :

– Ô Neptune, refuses-tu que j'aborde en Crète ?

En un instant, la tempête s'apaisa. Éberlué, l'équipage comprit que ce géant vêtu d'une peau de lion n'était pas un passager comme les autres. Hercule, lui, sut qu'en luttant contre ce taureau sacré, il ne déclencherait pas le courroux du dieu des Mers.

En débarquant à Cnossos, il vit les gens quitter le port à la hâte et dans le plus grand désordre.

– Que se passe-t-il ? leur demanda-t-il. Pourquoi fuyez-vous ?

– Le taureau de Neptune arrive, il ravage la vallée la plus proche !

Hercule courut jusque-là ; au détour d'un chemin, il découvrit le monstre furieux qui saccageait un champ.

Le héros, qui en avait vu d'autres, fut cependant saisi par la noblesse de l'animal : cette montagne de muscles, ce front têtu, ces pattes noueuses comme le tronc d'un chêne et ce corps qui frémissait... c'était là un adversaire à sa taille !

Dès qu'il aperçut cet humain qui ne fuyait pas

devant lui, le taureau s'immobilisa pour l'observer. De la voix, Hercule le provoqua ; méfiant, l'animal refusait d'avancer. Alors, le héros posa à terre le grand filet qu'il avait emporté et s'approcha.

Devant lui, le monstre baissa la tête, pointa les cornes et gratta la poussière en grondant. Hercule ne pouvait pas se résoudre à l'attaquer. Il dégrafa de ses épaules la peau du lion de Némée qui, on le sait, était d'un très beau roux – et il l'agita devant le mufle de la bête. Ce fut comme un signal : dans un grondement de tonnerre, le taureau s'élança vers Hercule à toute vitesse ! Au moment où il le frôlait, le héros se cambra ; esquivant de justesse les cornes qui avaient failli l'empaler, il les saisit à pleines mains ! Rendu fou de rage par cette étreinte, l'animal secoua la tête et se débattit. Il se jeta à terre ; mais Hercule refusa de lâcher prise, si bien que les deux combattants roulèrent pêle-mêle dans la poussière, dans un corps à corps colossal !

Affalé, l'animal meuglait et battait l'air de ses puissants sabots. Son adversaire sentait sur son épaule le souffle haletant et chaud que lâchaient ses naseaux.

Hercule tenait bon ; il sentait qu'à se débattre en vain, le taureau fatiguait. Il tâtonna le sol, à la recherche de son filet. Dans un dernier effort, il fit basculer l'animal sur le dos. Le monstre ne tarda pas à s'empêtrer dans les mailles. Plus il gigotait, plus il resserrait ses propres liens. Au bout d'un long moment, immobilisé dans le filet qui le retenait prisonnier, il cessa de bouger et laissa enfin tomber sa tête, en signe de soumission.

– Tu as bien combattu ! lui dit Hercule en se relevant.

Il hissa le taureau terrassé sur ses épaules et rejoignit le port ainsi chargé. Son passage suscitait stupeur et admiration. Et alors que les marins hésitaient à charger l'animal dans leur navire, Hercule les rassura :

– Nous ne risquons plus rien : si j'ai vaincu ce taureau, c'est parce que Neptune l'a voulu.

De fait, l'étrange expédition revint sans encombre.

Le matin où Hercule arriva en vue de Tirynthe avec son énorme fardeau, il entendit, venue du sommet des remparts, la voix du roi Eurysthée qui piaillait, de colère autant que de crainte :

– Ne le laissez pas entrer ! Surtout pas !

Hercule libéra l'animal du filet qui l'entravait depuis leur départ de Crète. À présent aussi docile qu'un agneau, il se laissait maintenir et guider par une seule corne.

– Voilà le taureau de Neptune, dompté et bien vivant ! Que veux-tu en faire, Eurysthée ?

Le roi de Tirynthe enrageait : jamais il n'avait imaginé que son cousin viendrait à bout d'une telle mission.

– Rien ! Rien ! grommela-t-il. Débarrasse-moi de lui au plus vite !

– À tes ordres, répondit Hercule.

Presque à regret, il lâcha la corne. Étonné d'être soudain libre, le taureau prit soudain le galop et disparut dans la vallée.

– Quelle imprudence ! geignirent les habitants

de Tirynthe. C'est à présent nos terres que cet animal va ravager !

Il n'en fut rien. Personne ne revit le taureau de Neptune. Certains marins d'Argolide prétendent qu'un soir, alors qu'un ouragan ravageait la côte, l'animal fit son apparition sur la grève. Il trotta et entra dans l'eau qui, paraît-il, l'engloutit dans un grand mugissement. Mais peut-être étaient-ce les derniers murmures de la tempête qui, cette nuit-là, s'apaisa d'un coup, inexplicablement...

IX

LA SANGLANTE HISTOIRE DU ROI QUI FAISAIT DÉVORER LES ÉTRANGERS PAR SES CHEVAUX

OU LES CAVALES DE DIOMÈDE

AUX CONFINS de la Grèce, en Thrace, vivait un roi sanguinaire qui détestait les étrangers. Il s'appelait Diomède. Il était fils de Mars, le terrible dieu de la guerre et de Cyrène, la belle Libyenne qu'Apollon lui-même avait autrefois aimée.

Diomède régnait sur un empire immense que baignait le nord de la mer Égée. Les îlots rocheux y étaient si nombreux et les côtes si escarpées que beaucoup de navires venaient s'y fracasser. Loin de venir en aide aux naufragés, Diomède les faisait capturer et amener dans son palais ; là, il les donnait en pâture à ses chevaux ! Oui : ses chevaux étaient des juments extraordinaires, des cavales, dont la gueule et les naseaux vomissaient des flammes. Elles étaient devenues carnivores car le roi de Thrace ne les nourrissait que de chair humaine. Réputées indomptables, les cavales de Diomède restaient en permanence enfermées dans les écuries, devant leurs mangeoires de bronze et solidement attachées par d'épaisses chaînes de fer.

Eurysthée, on le sait, cherchait à envoyer son cousin en mission le plus loin possible et à lui faire courir les pires dangers.

Il le convoqua devant les portes de la ville et ordonna :

– Hercule, je veux que tu ailles en Thrace et que tu me rapportes les cavales de Diomède. Mais attention : reviens ici seulement lorsqu'elles seront domptées et aussi inoffensives que des moutons.

Dès le lendemain, Hercule se rendit au port de Tirynthe. Y trouverait-il un capitaine assez téméraire pour cingler avec lui vers ces régions barbares ? Il réfléchissait : comment dérober les juments sans se faire dévorer ? Comment les rapporter sans affronter leur maître ? Une fois le forfait accompli, Diomède mettrait sûrement toute l'armée à ses trousses ! S'il avait pu tuer les cavales, le travail aurait été plus simple.

Hercule aperçut alors, sur une galère armée, un vieux soldat qui lui adressait des signes. Incrédule, il écarquilla les yeux.

– Philos ? C'est bien toi ? Mais que fais-tu ici ?

– Nous t'attendions, Hercule ! répondit l'ancien chef des gardes en désignant la troupe rassemblée sur le pont. Nous avons appris la tâche qu'Eurysthée t'impose. Nous t'accompagnons. S'il le faut, nous te suivrons jusqu'au Pont-Euxin[1] !

_____

1. Nom ancien de la mer Noire.

Ému aux larmes, Hercule se précipita dans les bras de celui qui avait été le plus valeureux lieutenant d'Amphitryon.

– Brave Philos ! Tu n'as donc pas peur des cavales de Diomède ?

– Bah, si elles nous résistent, fit en riant l'un des nouveaux compagnons d'Hercule, c'est nous qui les mangerons !

Après avoir longé plusieurs jours les côtes de Macédoine, la galère pénétra dans l'étroit couloir des Dardanelles et se risqua dans la mer de Propontide[1]. Ici, un brouillard persistant obligeait à naviguer avec une extrême prudence.

– Voilà pourquoi les naufrages sont si fréquents ! dit Philos.

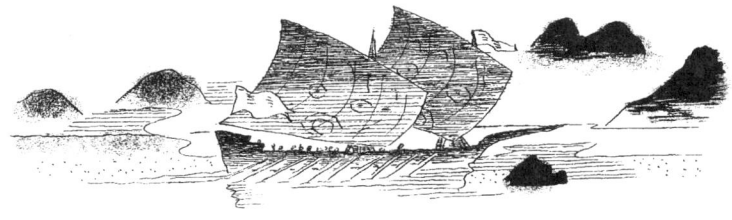

---

1. Nom ancien de la mer de Marmara.

– Oui. Mais ce brouillard est le bienvenu, il va nous permettre d'aborder sans être remarqués.

C'est exactement ce que firent Hercule et ses compagnons : ils entrèrent dans une crique abritée et y dissimulèrent leur navire. Puis ils rejoignirent le chemin qui menait à la capitale de la Thrace. Le soir suivant, ses murs étaient en vue.

– Attendons la nuit pour franchir l'enceinte ! recommanda Philos.

Il connaissait bien l'heure où l'attention des soldats faiblit. Ce fut un jeu d'enfant pour Hercule et ses amis de maîtriser les gardes, d'ouvrir les portes de la cité et, dans l'obscurité, de gagner le palais. Leur attention fut attirée par de violentes flammes intermittentes qui illuminaient l'intérieur d'une aile du bâtiment. Ils s'en approchèrent ; aussitôt, des hennissements monstrueux s'élevèrent : dans les écuries, les chevaux avaient flairé une présence humaine. Hercule comprit qu'il fallait agir vite.

– Les cavales sont là, allons-y ! cria-t-il en brandissant sa massue.

La troupe fit irruption dans les écuries, clouant

de stupéfaction trois ou quatre palefreniers – et elle découvrit un spectacle terrifiant : deux douzaines de grandes juments blanches étaient attachées devant d'immenses râteliers de bronze. Certaines, irritées par cette intrusion nocturne, piaffaient d'impatience ; d'autres, dérangées au milieu de leur repas, se tournèrent vers les nouveaux venus ; tels des dragons, elles rejetaient de grandes flammes par le nez. Les dernières ne relevèrent même pas la tête : elles étaient occupées à dévorer à belles dents des jambes et des bras entassés en vrac dans leurs mangeoires. Hercule eut la nausée en respirant cet air immonde et chaud qui sentait la charogne et la chair brûlée.

– Vite, donnons l'alerte ! hurlèrent les palefreniers.

Ils furent mis hors de combat, ligotés, bâillonnés et jetés dans un coin de l'écurie. Pendant ce temps, excitées par le mouvement, persuadées qu'on allait bientôt servir un supplément à leur repas, les juments poussaient des hennissements terribles. Hercule détacha la première cavale et mesura vite la difficulté de la tâche : l'animal se cabrait et crachait vers lui un feu nourri.

– Hercule ! gémit Philos aux prises avec une jument tout aussi déchaînée, comment ferons-nous si tu as toi-même tant de mal ?

La question fut vite résolue : au-dehors, les pas cadencés d'une garnison en marche se rapprochaient. Un instant plus tard, une centaine de soldats armés jusqu'aux dents fit irruption dans les écuries. À leur tête se tenait un géant vêtu de pourpre, aux yeux cruels et à la barbe noire. C'était Diomède en personne !

– C'est bien ce que je pensais ! s'exclama-t-il avec un sourire féroce. Ces étrangers en veulent à mes cavales ! Ah, mes belles, je vous promets un dessert d'ici peu. Non, vous autres, laissez-moi celui-ci, ajouta Diomède en s'élançant vers Hercule qui n'avait en main que sa massue.

Le héros esquiva le glaive du roi, et fit voler l'arme au loin. Furieux, Diomède fonça vers son adversaire. Mais Hercule, après un bref corps à corps, le maîtrisa en lui bloquant les bras.

Pendant ce temps, les compagnons d'Hercule combattaient vaillamment les soldats de Diomède, pourtant bien supérieurs en nombre. L'ardeur de ceux-ci fléchissait à vue d'œil. Dès qu'ils virent leur roi prisonnier, ils se jetèrent à genoux :

– Épargnez-nous ! supplièrent-ils. Et emmenez-nous !

– Ou bien tuez-nous sur place ! Sinon, pour nous punir de notre échec, le roi nous donnera en pâture à ses cavales !

– C'est en effet ce qui vous attend ! brailla Diomède.

Il avait saisi un poignard dissimulé sous sa tunique, et frappa Hercule en pleine poitrine. La tunique du lion de Némée amortit le coup. Écœuré par cette traîtrise, le héros hurla de colère :

– Vil tyran, que ton sort soit celui que tu réserves à tes ennemis !

Il saisit Diomède et, comme un vulgaire tronc d'arbre, il le brandit au-dessus de lui ; puis il le balança dans les mangeoires de bronze ! Aussitôt, les cavales se jetèrent sur ce dîner inespéré : elles déchiquetèrent le roi qui se débattit en hurlant. Bientôt, du tyran, il ne resta plus que quelques reliefs sanglants qui pendaient aux grands râteliers. Ses serviteurs, loin de le pleurer, déclarèrent à Hercule :

— Tu nous as délivrés d'un despote !

— Ses cavales sont à toi. Emporte-les loin d'ici !

— Certes, dit Philos, mais comment les approcher ?

Avec ce dernier repas, les juments s'étaient calmées. À présent, c'était de la vapeur qu'elles rejetaient par les naseaux. Et leurs hennissements ne semblaient plus du tout courroucés. Hercule en délivra une, qui se laissa faire. Il flatta le cou de l'animal et, d'un bond, monta dessus. La croupe de la cavale frémit à peine. Ceux qui se trouvaient dans l'écurie s'écrièrent :

— Les juments de Diomède ont enfin trouvé leur maître !

— Non, répondit Hercule. Elles ont seulement été délivrées de celui qui les asservissait et leur avait donné le goût d'horribles repas...

Hercule et ses compagnons conduisirent les cavales jusqu'au navire ; elles embarquèrent docilement. Pendant le trajet du retour, elles acceptèrent sans renâcler de se nourrir avec du fourrage.

Un soir, une étrange troupe se présenta devant les portes de Tirynthe : c'étaient les vingt-quatre cavales de Diomède que chevauchaient Hercule et ses compagnons.

Stupéfait, Eurysthée contemplait les juments domptées. Il ne put s'empêcher d'avouer :

– Le bruit de ton exploit était parvenu jusqu'à moi mais j'attendais de voir par mes yeux ce prodige... Dis-moi, tu as fais vite !

– Oui. Et je reste à tes ordres, Eurysthée. Dans quel lointain pays vas-tu cette fois m'envoyer ?

Le roi avait aux lèvres un sourire perfide.

– Oh, seulement à deux jours de marche d'ici : à Élide.

Comme Hercule semblait étonné, Eurysthée ajouta, railleur :

– Mais la tâche risque d'être longue et difficile ! Je veux que tu nettoies les écuries d'Augias...

X

UN SALE BOULOT

OU LES ÉCURIES D'AUGIAS

AUGIAS, le roi d'Élide, avait un grand troupeau : trois mille bœufs qui logeaient dans d'immenses étables. Autrefois, ces animaux faisaient la fierté de leur maître ; grâce au fumier qu'ils produisaient en abondance, ils étaient la richesse de la région.

Mais Augias négligeait ses animaux. Depuis trente ans, c'est-à-dire le début de son règne, il n'avait pas fait nettoyer ses écuries. Les immondices s'y étaient tant accumulées que les esclaves eux-mêmes, rebutés par l'infection, refusaient d'y pénétrer. Négligées, les bêtes ne travaillaient plus aux champs. Privées d'engrais, les moissons se faisaient rares et maigres. Élide était devenu un royaume appauvri qui se vidait de ses habitants. À ses frontières, les Grecs ne cessaient de se plaindre de l'odeur pestilentielle des écuries.

– Moi, Hercule, nettoyer les écuries du roi Augias ?

– C'est un ordre, dit Eurysthée. Tu prendras le temps qu'il faut.

Jamais Hercule ne s'était senti aussi humilié : la tâche était répugnante et sa vie entière n'y suffirait pas.

Résigné, il traversa l'Arcadie ; bien avant d'arriver dans le royaume d'Augias, la puanteur lui apprit qu'il approchait. Il n'avançait plus qu'en se protégeant le nez de sa tunique, et résolut de gagner le sommet d'une colline où l'air était moins vicié. Il observa la vallée. Les écuries étaient là, alignées, innombrables bâtiments de terre cuite noyés dans la brume fétide et tiède du fumier.

Hercule alla se laver et boire à un large cours d'eau qui coulait non loin. Il se releva, essaya de s'orienter.

– Ce fleuve est l'Alphée, murmura-t-il. Et dans la vallée de Tempé, toute proche, existe une autre rivière : le Pénée, qui prend sa source dans le massif du Pinde. Ces cours d'eau se jettent dans la mer que l'on aperçoit d'ici...

Une idée un peu folle germait dans son esprit : Hercule se souvenait de la façon dont il avait, autrefois, semé la déroute dans l'armée d'Erginos, le roi d'Orchomène. Après avoir passé le reste de la journée à faire des repérages dans les environs, il regagna la plaine et entra dans la ville d'Élide le cœur plus léger.

Le lendemain, dès l'aube, il se rendit au palais ; il demanda à être présenté au roi qui le reçut avec une méfiance fatiguée.

– Ainsi, c'est toi, Hercule ? Et Eurysthée t'a chargé de nettoyer mes écuries ? L'insensé ne mesure pas l'importance de la tâche ! Dis-moi, combien d'hommes veux-tu, combien d'années te faudra-t-il ?

Depuis qu'il possédait ses troupeaux, le roi Augias avait fini par ressembler lui-même à un taureau : affalé sur son trône, le front bas, il observait le visiteur avec un regard fourbe et buté.

– Je n'ai besoin de personne, répondit Hercule. Et j'espère avoir achevé le travail ce soir même.

À ces mots, Augias éclata de rire.

– Ce soir ? J'aimerais bien voir ça ! Si tu y parvenais, je te donnerais volontiers le dixième de mes terres et de mes animaux.

– Prenez garde, mon père, dit un jeune homme qui venait d'entrer.

C'était Philée, le fils unique du roi. Il jeta vers le visiteur un regard admiratif et ajouta en direction d'Augias :

– Je connais la renommée d'Hercule. Ce qu'il dit est digne de foi.

– En ce cas, il a ma parole ! Il n'aura pas volé son salaire s'il accomplit ce travail. Mais en une seule journée ? Quelle chimère !

Hercule quitta le palais et se rendit dans la vallée où se trouvaient les écuries. Là, pataugeant dans le fumier et se bouchant les narines, il parcourut les allées en criant :

– Faites sortir les bœufs ! Emmenez-les paître sur les collines !

Incrédules, les valets obéirent, trop contents de vider les lieux. Bientôt, les troupeaux s'acheminèrent en longues files vers les hauts pâturages voisins. Pendant ce temps, Hercule, le visage protégé par la peau du lion, ouvrait les portes des écuries. Pour aérer, il créait parfois des brèches en abattant une partie des murs avec sa massue.

Vers midi, les étables étaient vides ; il n'y restait plus que les déchets et les immondices. Hercule rejoignit le coteau et il y creusa un large fossé qui le mena tout droit au fleuve Alphée. Quand il fit enfin la jonction avec le fleuve, les eaux s'engouffrèrent avec force dans l'ouverture ! Elles balayèrent sur leur passage terre et cailloux, élargissant très vite le grossier chenal. Un torrent tout neuf dévala la pente. Hercule n'attendit pas que le flot atteigne la vallée : il courut vers le massif qui se dressait en face, le Pinde. La veille, il avait remarqué que le second fleuve, le Pénée, s'engouffrait dans un défilé encaissé qu'il était facile de fermer : il gagna le pic rocheux qui dominait la gorge et descella d'énormes blocs de pierre qu'il fit basculer. Il eut bientôt construit un barrage. Le niveau de ce réservoir montait à vue d'œil... jusqu'à ce qu'il déborde et trouve une issue : un col où le fleuve se jeta pour se précipiter dans la vallée !

Hercule, satisfait, observa depuis son promontoire le travail qu'il avait accompli : en contrebas, les deux cours d'eau détournés se rassemblaient en une seule rivière qui, déjà, envahissait les écuries. Les flots impétueux s'infiltraient partout et entraînaient avec eux jusqu'à la mer proche fumier, paille, immondices... Les murs eux-mêmes étaient balayés et lavés !

Le soir, quand il jugea que cette grande lessive avait assez duré, Hercule fit l'opération inverse : il reboucha le chenal qu'il avait creusé pour laisser entrer l'Alphée, et dégagea dans la gorge du Pénée les blocs qu'il y avait fait tomber. Peu après, les deux cours d'eau avaient retrouvé leur ancien lit.

Tandis qu'il regagnait la vallée, il remarqua les troupeaux qui descendaient en files vers les écuries. Quand il parvint en vue des bâtiments, il y trouva le roi Augias lui-même. Celui-ci inspectait les lieux, surpris par la rapidité et l'efficacité du travail : le soleil couchant achevait de sécher le sol.

– Que fais-tu ici ? grommela Augias vers Hercule. Que veux-tu ?

– Mon salaire : les trois cents bœufs que tu m'as promis.

Le roi se tourna vers ses serviteurs et ses esclaves ; ceux-ci, reconnaissants et ravis, guidaient le bétail vers les écuries nettoyées.

– Moi ? s'exclama Augias en feignant l'étonnement.

Prenant tous ceux qui l'entouraient à témoin, il ajouta :

– Je ne t'ai jamais vu ! Imprudent, tu as failli noyer mes troupeaux ! Et tu viens en plus exiger des gages ?

– C'est mon dû, dit Hercule. Philée, ton fils, pourra le confirmer.

– Soit ! Qu'on l'amène ici. Je me plierai à sa décision.

Interrogé, le jeune homme baissa la tête et déclara :

– Pardonnez-moi, mon père, mais votre mémoire vous fait défaut : vous avez bel et bien promis à Hercule le dixième de votre royaume et de vos troupeaux. Vous devez...

– Je dois ? C'est toi, insolent, qui me dois obéissance et respect !

Furieux d'être pris en défaut devant ses sujets, Augias dégaina son glaive pour abattre son propre fils. Outré par tant de mauvaise foi, Hercule fut plus vif ; il tira son épée et en transperça le roi !

Philée se précipita vers le corps qui gisait à terre, sans vie.

– Pardonne-moi, lui dit Hercule en remettant l'arme dans son fourreau. Ma colère a été la plus forte : je ne supporte pas qu'on manque à sa parole.

– J'ai perdu mon père, et Élide a perdu son roi !

– Il en retrouve un plus digne ! répondit Hercule en posant la main sur l'épaule du jeune homme. C'est toi, Philée, qui gouverneras.

Hercule refusa les terres qui lui revenaient de droit. Le fils d'Augias insista pour qu'il emporte les trois cents bœufs. Hercule décida d'en faire cadeau à son cousin : le pouvoir et les biens ne l'intéressaient pas. Seul lui importait d'aller au bout des épreuves que l'oracle lui avait imposées, d'accomplir les derniers travaux que lui demanderait Eurysthée.

Comme Hercule poussait devant lui le bétail et

s'éloignait des écuries d'Augias, le vent d'ouest lui effleura le visage. Il emplit ses poumons d'un air iodé qui transportait le parfum de quelques fleurs sauvages et du foin fraîchement coupé. « Puisque certains souillent la terre, songea-t-il avec amertume, il faut bien que ceux qui leur succèdent s'emploient à la nettoyer... »

XI

POUR LES BEAUX YEUX
D'UNE AMAZONE...

OU LA CEINTURE D'HIPPOLYTE

EURYSTHÉE chérissait tendrement sa fille Admète ;
il lui passait tous ses caprices. Un jour, Admète vint
trouver le roi.

– Mon père, lui dit-elle, on raconte qu'Hippolyte,
la reine des Amazones, possède une ceinture extraordinaire.

– En effet, fit Eurysthée. Et la reine, paraît-il, ne
détient son pouvoir que grâce à cette fabuleuse
ceinture en or ; elle lui a été donnée par le dieu

Mars, dont toutes les Amazones sont les filles.

– Oh, comme j'aimerais posséder cette ceinture, mon père !

À ces mots, le roi haussa les épaules.

– Tu n'y penses pas ! D'abord, les Amazones vivent très loin d'ici, en Cappadoce, sur les bords du Pont-Euxin ! Et puis ces guerrières sont réputées dangereuses et farouches.

La jeune fille répondit par une moue boudeuse qui déchira le cœur d'Eurysthée. Une idée l'effleura soudain ; il s'exclama :

– Admète ? Attends... Je vais faire mon possible pour te contenter.

– Dérober la ceinture d'Hippolyte ?

Face aux portes de Tirynthe, le regard levé vers son cousin qui lui avait donné cet ordre, Hercule répondit en grimaçant :

– Bien... Tu veux donc déclarer la guerre aux Amazones ?

– Non ! s'empressa de répondre le roi. Pourquoi dis-tu cela ?

– Réfléchis : si je parviens à voler et à te rapporter le bijou de la reine, ses sujets viendront jusqu'ici pour le récupérer.

Admète apparut à son tour sur le mur d'enceinte.

– Hercule, mon cousin, emporte donc des cadeaux ; et convaincs Hippolyte de te donner sa ceinture en échange !

Hercule avait entendu parler de la reine des Amazones. On la disait fort belle. Ce travail, pour une fois, n'était pas pour lui déplaire. Pensif, il gagna le port de Tirynthe. Il y retrouva, à bord de la galère armée, Philos et ses compagnons. Quand il leur révéla sa nouvelle mission, les réponses fusèrent, unanimes :

– Nous repartons avec toi en Propontide, Hercule !

– N'avons-nous pas rapporté de Thrace les cavales de Diomède ?

– Hélas, répondit-il, le domaine des Amazones s'étend plus loin que la Lydie et la Phrygie ! Et la mission est délicate : on dit que les barbares scythes eux-mêmes redoutent ces femmes. Elles ne vivent que du produit de leur chasse et de rapines.

– Combattre des femmes ? dit Philos en éclatant de rire... Ah, Hercule, tu as d'étranges motifs pour nous dissuader de venir !

Ce nouveau travail inquiétait Hercule ; il se savait mal rompu à la diplomatie. Et les jeux de la courtoisie n'étaient pas son fort. Jusque-là, c'était surtout sa force qui lui avait servi d'argument !

Le lendemain, chargée de nombreux présents, la galère prit la mer et fit voile vers le nord-est. Elle parvint sans encombre aux Dardanelles et navigua plusieurs jours dans les eaux brumeuses de Pro- pontide. Un matin, les côtes se rapprochèrent et le navire s'engagea dans ce nouveau couloir qu'on appellerait le Bosphore et qui relie la petite mer de Marmara à la mer Noire.

Au fur et à mesure que le monde connu s'éloi- gnait, la belle assurance de Philos diminuait.

– Ne perdons pas de vue la côte ! recommandait-il sans cesse.

Pendant plusieurs semaines, la galère cabota le long du Pont-Euxin. Parfois, elle accostait dans une crique abritée et l'un des compagnons d'Hercule partait interroger les rares habitants de ces contrées sauvages. Un matin, Philos regagna le navire et annonça :

– Nous devrions trouver l'embouchure d'un fleuve, le Thermodon. En remontant son cours, nous pénétrerons dans le domaine des Amazones. Leur capitale, Thémiscyra, se trouve en amont.

Le soleil se couchait lorsqu'ils découvrirent le fameux estuaire. La galère s'engagea sur le fleuve aux berges escarpées, encombrées d'épaisses forêts.

– Faisons halte ici pour la nuit, dit Hercule en désignant une grève.

À l'aube, il fut réveillé par des cris, et des galops lointains. Sans réveiller ses compagnons, il se risqua dans le sous-bois. Il parvint en vue d'une clairière où dix cavaliers en armes mettaient pied à terre. L'un d'eux avait en mains un nouveau-né, qu'il démaillotait.

– Mais... ces guerriers sont des femmes !

Hercule avait devant lui les fameuses Amazones ! Vêtues d'une tunique agrafée sur l'épaule gauche, elles portaient toutes un arc et un carquois, parfois un javelot ou une hache. Leur tenue était complétée par un bouclier en forme de croissant et un casque orné de plumes.

Soudain, le nourrisson poussa un cri de douleur : l'Amazone lui tordait la jambe. Le sang d'Hercule ne fit qu'un tour. Il bondit dans la clairière et hurla :

– Lâche cet enfant !

Stupéfaite, la femme obéit ; une seconde plus tard, les autres Amazones avaient encerclé Hercule, flèches et javelots pointés sur lui. Indifférent à ces menaces, le héros prit le bébé dans ses bras. Il se tourna vers la tortionnaire et, scandalisé, constata :

– Tu as failli lui briser la jambe !

– Certes, répondit-elle sèchement. C'est bien là mon intention. Estropié, ce bébé fera un cuisinier fort honorable.

Hercule eut une moue de dégoût :

– Veux-tu dire que tu l'aurais volontairement mutilé ? Mais qu'a-t-il fait pour mériter un tel châtiment ? Et à qui appartient-il ?

– À moi ! répliqua l'Amazone. Mais ce n'est qu'un garçon !

– Oui. Et les garçons ne sont pas dignes de vivre, ajouta l'une des guerrières. Notre compagne aurait pu aussi bien le tuer !

– Viens-tu de si loin, étranger, pour ignorer ainsi nos coutumes ?

– Chez nous, l'homme n'a aucune valeur !

Hercule releva la tête. Un moment, il craignit d'être transpercé par ces armes qui le prenaient pour cible. Mais les Amazones s'étaient apaisées. Certaines le considéraient avec intérêt. L'une lâcha son arc pour lui caresser les cheveux ; une autre, sans vergogne, vint tâter ses biceps comme on examine et jauge un cheval avant de l'acheter. Avec un sourire séducteur, elle murmura :

– En réalité, nous acceptons parfois la présence d'un homme...

– Une seule fois dans l'année !

– Et s'il nous donne un mâle, nous supprimons l'enfant !

– Ou nous lui cassons un bras ou une jambe pour qu'il travaille au camp.

Dans les bras d'Hercule, le bébé s'était mis à sourire et à babiller. Il tourna la tête vers sa poitrine comme pour téter.

– Donne-lui à boire ! dit le héros en rendant l'enfant à sa mère.

Il vit que la tunique des Amazones ne recouvrait pas leur sein droit. Celui-ci était maigre et plat, réduit à des chairs noircies.

– N'ouvre pas des yeux aussi effarés ! fit une Amazone en riant.

– Sache que dès l'enfance, nous coupons, brûlons ou comprimons notre sein droit. Ainsi, nous pouvons mieux tirer... Regarde !

Rapide comme l'éclair, elle saisit une flèche dans son carquois, banda son arc et visa Hercule en pleine poitrine. Alors, la voix de Philos, toute proche, tonna dans la clairière, impérative :

– Si tu bouges, aucune de vous ne quittera vivante cette forêt !

Les compagnons d'Hercule étaient là. Incognito, ils avaient encerclé à leur tour les Amazones qu'ils tenaient en joue.

– Du calme ! s'exclama le héros. Nos intentions sont pacifiques ! Que chacun de vous pose son arme. Expliquons-nous.

Il révéla aux Amazones qu'il venait de Grèce avec des présents et désirait rencontrer leur reine Hippolyte. Rassérénées, les guerrières acceptèrent de suivre Hercule et ses compagnons jusqu'à la galère. Elles admirèrent les étoffes, les armes et les multiples cadeaux. Enfin, elles remontèrent sur leurs chevaux. Celle qui paraissait leur chef ordonna aux nouveaux venus :

– Regagnez votre navire et remontez le cours du fleuve. Vers midi, vous rejoindrez notre capitale.

Tournant bride, elles repartirent au galop.

– Si l'on m'avait dit un jour que je serais contraint d'obéir aux ordres d'une femme ! grogna Philos. Ici, c'est le monde à l'envers !

– Eh oui, fit un autre, il faudra même les amadouer et les séduire...

Malgré leurs bravades, les amis d'Hercule n'en menaient pas large. Comme prévu, leur navire arriva en vue de Thémiscyra. Leur venue avait été annoncée : sur les berges, de nombreuses femmes armées les regardaient passer ; elles leur lançaient des quolibets et des sifflements mi-moqueurs, mi-admiratifs.

Les hommes se sentaient de plus en plus mal à l'aise. Enfin, ils abordèrent au port. Une délégation les y attendait. Sans un mot, la troupe de femmes en armes les escorta jusqu'au palais.

Ils furent introduits dans une salle somptueuse au fond de laquelle trônait une femme aussi immobile qu'une statue. Hercule, émerveillé, songea en lui-même : « D'une statue, elle possède la perfection et la beauté ! Mais aussi la dureté... »

– Hippolyte, commença-t-il en s'inclinant, je suis envoyé par mon cousin Eurysthée, roi de Tirynthe et de Mycènes.

– Oui, je le sais. Je sais aussi qui tu es, Hercule ! Relève-toi.

En se redressant, Hercule vit qu'Hippolyte lui souriait ; ses yeux étaient d'un vert profond et doux. La reine n'avait rien de sévère ni de cruel. Son expression reflétait la bienveillance. Le héros s'aperçut que la poitrine d'Hippolyte était entièrement couverte. Il se demanda si elle avait sacrifié son sein droit à la cruelle coutume des Amazones ; son regard ne put échapper à la reine, dont le sourire s'élargit.

– Les récits de tes exploits sont arrivés jusqu'à moi, dit-elle.

Dans la salle du trône jaillirent des glousse-
ments et des cris.

– Laissez-nous ! ordonna-t-elle à son entourage
en se levant.

Hippolyte et Hercule se retrouvèrent seuls. Trou-
blé par ce tête-à-tête inattendu, le héros se tourna
vers les présents abandonnés au pied du trône.
Cherchant ses mots, il bredouilla :

– Grande reine, mon cousin t'envoie quelques
cadeaux ...

– Le plus beau cadeau que tu puisses me faire, dit
Hippolyte, c'est d'être venu jusqu'à moi, Hercule.

Elle se leva. Et le héros aperçut enfin la ceinture
qui nouait sa tunique. Cette tunique était un
ouvrage d'orfèvrerie, une précieuse cotte de mailles
en argent – et la ceinture un véritable bijou fait de
fils d'or tressés et ciselés. Incapable de mentir,
Hercule avoua :

– Ces présents sont très intéressés, grande
reine ! Eurysthée ne te les envoie qu'afin d'obtenir en échange, pour sa fille, ta précieuse ceinture.

Hercule redoutait un mouvement d'humeur. Il

s'attendait à une négociation difficile. Il n'en fut
rien : Hippolyte ne parut pas étonnée de cette pro-
position. Elle jeta un bref coup d'œil sur sa ceinture, fit mine de la dégrafer, se ravisa et tendit la
main au héros qui lui faisait face.

– Eh bien, Hercule, lui dit-elle avec un soupir.
Ma ceinture est à toi. Viens donc la détacher toi-
même...

Sur l'Olympe, quelqu'un assistait à cette scène
avec une irritation croissante : c'était Junon, la
femme de Jupiter.

– Non seulement Hercule parvient sans difficulté
au bout de ce neuvième travail, mais il va une fois
de plus repartir avec la gloire et les honneurs.
Cette fois, il me faut intervenir...

La déesse se matérialisa instantanément dans
l'une des salles du palais d'Hippolyte. Elle avait
revêtu l'apparence d'une Amazone et, à peine
arrivée, elle bondit au milieu des guerrières :

– Quoi ? s'exclama-t-elle, vous avez laissé
Hercule seul avec notre reine, sans vous méfier ?

Savez-vous pourquoi ce fourbe a affronté tant de périls et accompli ce long trajet ?

Intriguées puis très vite inquiètes, les Amazones s'emparèrent de leur arc, leur javelot et leur hache. Elles se massèrent à la porte de la salle du trône mais hésitèrent à entrer.

– Apprenez, imprudentes, qu'il s'apprête à voler sa merveilleuse ceinture ! Oui : Hercule veut séduire et enlever Hippolyte !

– C'est faux ! s'exclama Philos. Cette ceinture, il veut l'échanger !

Voyant le tour que prenait la dispute, les hommes avaient tiré leur glaive. Sur la défensive, ils s'étaient regroupés.

– Eh bien, ricana Junon, voyez si j'ai menti !

D'un coup, elle ouvrit la porte de la salle du trône. Et les Amazones découvrirent un tableau édifiant : d'une main, Hercule tenait la ceinture en or qu'il venait d'enlever ; de l'autre, il enlaçait Hippolyte, qui semblait avoir succombé au charme de son invité.

– Trahison ! hurla une Amazone en se précipitant, javelot brandi.

Pris au dépourvu, Hercule se retourna. Il aperçut une armée de femmes en colère qui accouraient vers lui.

– Trahison, en effet ! dit-il à Hippolyte sans relâcher son étreinte. Ainsi, ta séduction n'était qu'une feinte ? Tu voulais m'isoler pour mieux m'abattre ?

Les Amazones crurent qu'Hercule prenait leur reine en otage, elles lancèrent leur javelot vers lui ! Prompte comme l'éclair, Hippolyte pivota. Les armes vinrent se planter dans son dos offert, sauvant ainsi la vie de celui qui la tenait dans ses bras.

– Hercule ! murmura-t-elle en s'effondrant.

Son regard devenait très lointain. Elle désigna la ceinture qu'Hercule avait encore en mains :

– Elle est à toi ! dit-elle. Emporte-la. Et parfois... pense à moi !

Hercule réprima un sanglot où la colère se mêlait à la douleur : Hippolyte venait d'expirer en lui souriant. Dans le désordre qui grandissait, des cris le firent revenir à la réalité :

– Notre reine... Notre reine est morte !

La nouvelle se répandit hors de la salle du trône.

– Récupérons le bijou ! Vengeons notre reine !

Les Amazones brandirent leur hache. Les hommes reculèrent ; c'est à coups de glaive qu'ils durent se frayer un chemin hors du palais. Toujours là, Junon continuait d'exciter la foule. Quand elle jugea que la confusion était à son comble, elle regagna l'Olympe, satisfaite.

Hercule et ses amis se battaient comme des lions. Ils réussirent à regagner le port de Thémiscyra et embarquèrent à grand-peine. Pour rejoindre l'estuaire du Thermodon, ils durent livrer de nombreuses batailles et affronter des hordes d'Amazones en furie.

Lorqu'ils se retrouvèrent en pleine mer, Hercule, consterné et amer, se demanda comment un si grand conflit avait pu naître...

Bien des semaines plus tard, Hercule arriva en vue des portes de Tirynthe. Il brandit la ceinture d'Hippolyte et cria :

– Admète ? Eurysthée ? J'apporte ce que vous

m'avez demandé !

La ceinture était magnifique ; mais la fille du roi fut déçue car le bijou avait perdu ses pouvoirs. Admète, qui était coquette, ne se présenta jamais à Hercule sans l'arborer sur sa tunique. Chaque fois, elle demandait :

– Eh bien, Hercule, comment me trouves-tu aujourd'hui ?

– Fort belle, répondait le héros.

Mais en réalité, il ne voyait pas sa cousine. Il fixait la ceinture d'Hippolyte ; et dans sa mémoire surgissait alors le regard de la reine des Amazones : des yeux tendres, d'un vert profond, qu'il ne pouvait pas oublier.

XII

MILLE BŒUFS
POUR UNE DÉESSE

OU LES BŒUFS DE GÉRYON

TRÈS LOIN à l'occident, là où chaque soir le dieu du Soleil, Hélios, noie sa coupe dorée dans l'océan, vivait un géant monstrueux : Géryon.

Géryon possédait trois corps. Il était, disait-on, l'être le plus fort au monde ! Il vivait seul, entouré de mille bœufs roux ; et pour garder ce grand troupeau, il possédait deux animaux tout aussi difformes et effrayants que lui : Orthros, un chien à deux têtes et Eurythion, un dragon qui, lui, en possédait sept !

Géryon était une créature hideuse et solitaire. Nul n'avait jamais osé lui chercher noise... Pourtant, Eurysthée y pensa – mais l'épouse de Jupiter y était sûrement pour quelque chose...

– Cette nuit, la déesse Junon m'est apparue en rêve ! déclara-t-il un matin à Hercule. Elle m'a demandé de lui offrir en sacrifice les fameux bœufs roux de Géryon. Ramène-les-moi, Hercule !

Cette fois, le héros ne put faire appel à ses amis.

– À quoi bon m'accompagner ? leur dit-il. Pour transporter ce troupeau géant, il faudrait des dizaines de navires !

Le lendemain, il embarqua seul à bord d'un petit bateau de pêche ; il mit le cap vers le soleil couchant. Le voyage dura plusieurs semaines ; après avoir rejoint la Sicile, Hercule rejoignit et longea les côtes de Libye où vivaient les farouches Numides.

Comme il cinglait vers l'ouest, chaque après-midi, Hercule était gêné par le soleil qui l'aveuglait. Un soir, la colère le saisit. Il banda son arc de toutes ses forces, et lança plusieurs flèches vers le disque ardent. La réponse ne se fit pas attendre : l'éclat du soleil devint si vif qu'Hercule dut fermer les yeux et baisser la tête. Une voix venue du ciel gronda :

– Qui ose répliquer à mes traits de feu par des traits presque aussi puissants ?

– C'est moi : Hercule ! Ah, Hélios, je ne voulais pas te blesser. Ma tâche est déjà si difficile....

Ébloui, le héros expliqua au dieu du Soleil quelle mission lui avait été confiée. Hélios partit d'un rire tonitruant :

– Finalement, tu as bien fait de me défier ! J'aime les intrépides, et j'ai décidé de t'aider. Je te prête mon disque de lumière. Grâce à lui, tu iras plus vite. Regarde !

Hercule ouvrit les yeux. Devant lui, une énorme coupe scintillante et dorée flottait sur les eaux.

– N'aie crainte ! Embarque, Hercule !

Abandonnant sa barque, le héros monta dans la coupe d'Hélios. Elle s'éleva aussitôt dans le ciel et reprit sa course vers l'ouest. Hercule, recon-

naissant, admirait le paysage et songeait qu'il était bien utile d'avoir un tel dieu pour allié !

Chaque soir, lorsque le disque atteignait l'horizon, Hercule quittait l'étrange véhicule qu'il retrouvait chaque matin à l'est.

Un jour, il aperçut au loin des sommets enneigés.

– Nous approchons du domaine d'Atlas, le géant qui soutient le ciel ! Ah, si j'avais sa force, je vaincrais Géryon sans peine...

L'inaction lui pesait. Bientôt, il devrait affronter plusieurs monstres. N'était-il pas temps de se donner un peu d'exercice ?

Le même soir, la coupe d'Hélios le déposa sur une plage. L'eau s'engageait dans un large goulet[1] avant de rejoindre un vaste océan inconnu[2]. Hercule réfléchit et décida :

– Je vais dresser de part et d'autre de ce chenal

---

1. Le détroit de Gibraltar.
2. L'Atlantique.

deux monuments qui porteront ma marque !

D'abord, il roula jusqu'aux falaises du rivage d'énormes blocs de pierres qu'il façonna et empila pour bâtir une tour immense. Puis il se rendit de l'autre côté de la passe pour construire un édifice semblable. Longtemps, ces tours symboliseraient les balises du monde méditerranéen. Et elles porteraient le nom de *colonnes d'Hercule*.

Satisfait, le héros poursuivit sa route à pied sur la péninsule ibérique. Il croisa un berger qui semblait affolé.

– Reviens vite sur tes pas, étranger ! lui dit-il. Tu te diriges vers l'île d'Érythie, le domaine de Géryon. Ce matin, Orthros, son affreux chien à deux têtes, a dévoré tous mes moutons !

Négligeant le conseil, Hercule poursuivit son chemin. Il parvint bientôt devant deux massifs qui le séparaient encore de l'océan ; leurs versants étaient si serrés que le héros eut du mal à s'y faufiler. Pesant de tout son poids, il écarta de ses mains les flancs de la montagne comme on ouvre une porte à double battant ! De l'autre côté, des aboiements multiples et furieux l'accueillirent. Un molosse à deux têtes se jeta sur lui, en ouvrant ses gueules bavantes armées de crocs puissants. Hercule abattit la première tête d'un coup de massue ; et comme la seconde mordait furieusement la peau de lion qui lui servait de tunique, il lui transperça le cou avec son glaive.

Le chien monstrueux s'affaissa, sans vie.

– Ainsi, tonnèrent plusieurs voix caverneuses à l'unisson, tu as tué Orthros, mon gardien, fils d'Échidna et du géant Typhon !

En apercevant Géryon, Hercule faillit reculer : deux fois plus grand que lui, le géant se tenait debout sur une île toute proche[1]. Avec ses trois corps et ses trois têtes, il était particulièrement hideux. Il agitait ses six bras comme des tentacules. Hercule essaya de négocier :

– Géryon, mon cousin m'a demandé de venir prendre tes bœufs. Mais il en ignore le nombre. Si tu m'en donnes quelques-uns...

---

1. L'île de Léon, en face de laquelle sera bâtie plus tard la ville de Cadix.

Trois énormes éclats de rire lui répondirent, puis trois voix différentes qui se superposaient et grommelaient des paroles bien difficiles à démêler :

– C'est une leçon que je vais te donner !

– Ah, je suis ravi d'avoir de la visite...

– Voilà bien longtemps que je n'avais pas eu d'adversaire à affronter !

Hercule comprit que malgré ses trois têtes, Géryon avait une intelligence de moineau. Pourquoi discuter avec une telle brute ?

Les bouches du géant s'ouvrirent pour brailler à l'unisson :

– Eurythion, à l'aide !

Hercule se retourna. Sur les flancs des prairies avoisinantes, il vit plusieurs centaines de bœufs roux et, au milieu de ce paisible troupeau, une sorte de dragon : un reptile qui, avec ses sept têtes crachant le feu, rappelèrent à Hercule l'hydre de Lerne. Le monstre s'approcha en rampant.

– Ordonne à ton bouvier de reculer, Géryon !

– Allez, Eurythion, débarrasse-moi de cet importun !

Le monstre se mit à galoper vers lui ; alors, Hercule sortit sept flèches empoisonnées de son carquois et tira ; il fit mouche à six reprises. À l'instant où la dernière tête, indemne, allait le happer, le héros la pulvérisa d'un coup de massue.

Là-bas, toujours debout sur son île, Géryon n'en croyait pas tous ses yeux. Avec un triple cri de rage, il bondit vers le rivage. Hercule n'eut pas le temps de reprendre son arc : déjà, Géryon était sur lui, le soulevait de terre et le broyait de ses trente doigts puissants !

Ce fut un corps à corps terrifiant...

Quand le soleil commença à décliner, les adversaires étaient encore aux prises. Hercule eut alors une idée : aveugler Géryon ! Il l'entraîna avec lui, roula vers l'arc abandonné à terre, se contorsionna et parvint à s'échapper des multiples mains du géant.

– Où es-tu ? braillait Géryon. Ah... je ne vois plus rien !

Aveuglé par le soleil couchant, le monstre avançait en titubant ! Profitant de ce répit, Hercule reprit son arc, y plaça trois flèches en même temps et tira... les traits vinrent se planter d'un coup dans les trois cœurs du géant !

Avec un bruit de tonnerre, Géryon s'effondra dans la poussière. Le vainqueur du géant se releva en haletant. Autour de lui, les bœufs l'observaient avec l'expression placide des ruminants.

– Eh bien, la moitié du travail est fait ! leur dit Hercule. Il ne me reste plus qu'à vous emmener chez votre nouveau propriétaire... Hélas ! Cela risque de prendre un certain temps.

À l'aube, Hercule eut une surprise : la coupe resplendissante d'Hélios était là ! La voix bienveillante du dieu solaire retentit :

– Fais donc monter les bœufs, Hercule ! Ton retour sera plus rapide que prévu. Mais chaque soir, descends pour me permettre d'accomplir mon périple. Profites-en pour faire paître tes animaux.

Hercule obéit. Et la coupe s'éleva en direction des Pyrénées...

Un matin, alors qu'il avait fait halte en Ligurie[1], sur les berges d'un large fleuve[2], il fut réveillé en sursaut par des meuglements affolés : une armée d'indigènes dispersait son troupeau et l'entraînait vers les plaines voisines. Hercule bondit, s'empara de son arc et rugit :

– Ces bœufs sont sous ma garde ! Rapportez-les-moi !

Les voleurs firent mine de ne pas l'entendre. L'un d'eux lui lança même sur un ton moqueur :

– Tant d'animaux pour un seul gardien... c'est très imprudent !

_____

1. La Provence.
2. Le Rhône.

Une seconde après, l'homme tombait, transpercé d'une flèche.

– Rendez-moi ces bœufs ou vous subirez tous le même sort !

Les brigands répondirent par une volée de traits. Hercule riposta. Et chacune de ses flèches faisait mouche ! Mais les voleurs étaient si nombreux qu'il se trouva vite à court de munitions. Isolé sur cette plaine aride, il était devenu une cible idéale ; il se dit qu'il était perdu et leva les yeux au ciel.

– Ô grand Jupiter ! implora-t-il, vas-tu m'abandonner ?

La réplique fut immédiate : il se mit à pleuvoir... un déluge de cailloux ! Les voleurs furent lapidés et recouverts par ces pierres tombées du ciel[1].

Hercule put récupérer ses bœufs et faire route vers la Grèce.

Après avoir franchi les Alpes, il décida de s'arrêter pour la nuit. Les bœufs paissaient calmement

---

1. C'est l'origine légendaire de la plaine de la Crau, près de Marseille.

sur la rive gauche d'un fleuve où, plus tard, serait édifiée la ville de Rome.

Le lendemain, comme chaque matin, il rassembla et compta ses bêtes. Il en manquait huit, et comme par hasard les plus belles : quatre taureaux et quatre génisses !

Grâce à l'humidité du fleuve tout proche, le sol était meuble ; Hercule repéra plusieurs traces de sabots : elles conduisaient à une forêt épaisse et aboutissaient à une grotte obstruée par un énorme rocher[1]. Des fumées brûlantes s'en échappaient.

– Je ne comprends pas : les bêtes ne sont pas entrées dans la grotte : elles en sont sorties... puisque leurs traces rejoignent mon troupeau !

Le mystère était entier. De plus, seule une main de géant avait pu boucher ainsi l'entrée de la caverne.

Une jeune fille surgit de la forêt. Tout en souriant à Hercule, elle jetait des regards inquiets

---

1. Hercule se trouve exactement dans l'ancien Forum Boarium, la Via dei Cerci de la Rome moderne. À l'emplacement de la caverne de Cacus existe aujourd'hui l'église Sainte-Sabine.

alentour comme si elle avait redouté une présence.

– Qui es-tu ? chuchota Hercule. Et vas-tu m'expliquer ?...

Elle lui posa son index sur la bouche pour lui imposer le silence. Puis elle mima le geste de quelqu'un qui tire un animal par la queue. Aussitôt, Hercule s'exclama :

– Bien sûr, tu as raison : pour m'induire en erreur, le voleur a entraîné mes bœufs à reculons jusqu'à son repaire !

Ravie d'avoir rendu service au héros, la jeune fille disparut dans la forêt aussi mystérieusement qu'elle était apparue. À cet instant, des beuglements plaintifs s'élevèrent de l'intérieur de la caverne. Furieux, Hercule se précipita sur le rocher qui en bouchait l'entrée – mais celui-ci semblait rivé au sol ! À trois reprises, il essaya de le desceller. En vain. Il avisa alors, sur la montagne au-dessus de lui, un énorme bloc de lave incandescente. Au mépris de la douleur, il le fit rouler jusqu'à la caverne où, en s'écrasant, il pulvérisa la pierre et creusa un trou énorme au-dessus de la grotte. Des flammes s'en échappèrent.

Mais il en fallait plus pour effrayer Hercule : massue au poing, il se glissa dans l'ouverture que baignait maintenant la lumière du jour.

Il tomba en arrêt devant un être aussi laid que Géryon : un homme à trois têtes qui crachait du feu ! L'être monstrueux était entouré de feux ardents, et Hercule se crut bel et bien en enfer. Il aperçut non loin de là ses huit bêtes enchaînées.

– Que viens-tu faire dans mon antre ? rugit le maître des lieux.

– Récupérer mes bœufs ! répliqua Hercule en avançant.

– Imprudent ! Ne sais-tu pas qui je suis ?

L'air enfumé empestait le soufre. Et Hercule, qui avait rencontré quelques bergers la veille, sut alors à qui il avait affaire.

– Ô combien ! Tu es Cacus, le propre fils du dieu Vulcain !

Le monstre leva ses trois têtes, cligna des yeux et poussa un hurlement où la colère se mêlait à la douleur :

– Quoi ? Tu as osé creuser un trou dans ma caverne ? Ah... le jour, le soleil... pauvre de moi, je suis perdu !

Cacus avança vers Hercule en titubant. Avec sa massue, le héros n'eut aucun mal à assommer ce dieu-brigand qui semait depuis si longtemps la terreur parmi les troupeaux des bergers de l'Aventin. Après avoir récupéré ses bœufs, il reprit son chemin vers la Grèce.

Depuis l'Olympe, Junon avait suivi les exploits du fils de son époux. Furieuse de l'aide qu'Hélios et Jupiter lui avaient apportée, elle attendit qu'Hercule arrivât à destination pour intervenir. Elle murmura :

– Ce héros n'a peur ni des monstres ni des géants. Voyons comment il va réagir devant un insecte...

Quand Hercule fit descendre les animaux de la coupe d'Hélios, il aperçut au loin les murs de la cité de Tirynthe ; il avait accompli l'un de ses plus longs travaux et avait hâte d'arriver.

Il s'apprêtait à rassembler les mille bœufs en une longue file afin qu'ils entrent à la queue leu leu dans la ville lorsqu'une bête s'échappa en meuglant. Puis une autre poussa un gémissement, se cabra, et sema la confusion dans le troupeau : quelques instants plus tard, les animaux ruaient dans le plus grand désordre, fuyaient et galopaient vers les forêts avoisinantes. Pris au dépourvu, Hercule courait, rattrapait ici ou là un bœuf, une génisse et essayait de comprendre la cause de cet affolement soudain.

– Du calme, du calme ! Mais quelle mouche vous a piqués ?

Il ne croyait pas si bien dire. Une morsure à l'épaule le fit sursauter.

– Un taon ! murmura-t-il stupéfait. Un simple taon...

Quand le soir vint, il renonça à retrouver les bêtes perdues : jamais il ne parviendrait à reconstituer le troupeau en entier ! Découragé, fourbu, il grommela :

– C'est trop stupide ! Avoir accompli tout ce

chemin et perdre au dernier moment une bonne moitié des bœufs de Géryon...

Les génisses qui s'étaient échappées retournèrent à l'état sauvage et, plus tard, donnèrent naissance à une race d'animaux roux qui existe encore aujourd'hui.

Quant à Eurysthée, il fut bien surpris, le lendemain matin, de voir aux portes de la ville son cousin à la tête de plusieurs centaines de bœufs ! Il ne songea même pas à les compter, il devait de toute façon les sacrifier sur l'autel de Junon. Malgré la haine qu'il vouait à son cousin, Eurysthée, devant cet exploit, ne pouvait s'empêcher de ressentir une certaine admiration.

– Ainsi, tu as fait tout ce chemin avec ces animaux !

– Oh, avoua Hercule, le Soleil m'a été d'un grand secours.

– Hein ? fit Eurysthée sans comprendre. Que veux-tu dire ?

À cet instant, un petit nuage voila brièvement le disque du soleil. Et il sembla à Hercule qu'Hélios venait de lui adresser un signe. Quelque chose qui ressemblait furieusement à un clin d'œil...

XIII

HERCULE TRAVAILLE POUR DES POMMES

OU LES POMMES D'OR
DU JARDIN DES HESPÉRIDES

HERCULE n'avait plus que deux travaux à accomplir. Eurysthée, qui ne désespérait pas de se débarrasser de son cousin, crut enfin trouver le moyen de lui confier une mission irréalisable.

– Je veux, lui déclara-t-il un jour, que tu voles et me rapportes les pommes d'or du jardin des Hespérides[1] !

----

1. Les trois nymphes du couchant.

Hercule protesta :

– Tu sais bien que c'est impossible ! Nul ne connaît l'emplacement de ce jardin. Et puis ces fruits sont sacrés : ils furent offerts par la déesse Gaïa à Junon, quand elle épousa Jupiter.

– Quels méchants prétextes, Hercule ! Oublies-tu que tu dois m'obéir et exaucer mes vœux ? Pars ! Le plus tôt sera le mieux.

Dominant sa fureur, Hercule s'éloigna de Tirynthe sans savoir où porter ses pas. Le jardin des Hespérides... À en croire la rumeur, c'était un lieu extraordinaire, enchanteur, où coulaient des fontaines aux pouvoirs fabuleux, où poussaient les arbres les plus rares. Comment découvrir ce paradis ?

Le soir tombait, et le regard d'Hercule s'arrêta sur les astres qui scintillaient dans le couchant. Il s'exclama :

– Bien sûr ! Les Hespérides sont les filles de l'Étoile du soir... C'est donc une fois de plus vers l'ouest que je dois me diriger !

Il marcha toute la nuit et toute la journée qui

suivit. Après plus d'un mois de course ininterrompue, il s'arrêta sur les berges du fleuve Éridan[1] et là, recru de fatigue, il s'endormit. À l'aube, il fut réveillé par des exclamations joyeuses et des cris. Il découvrit au milieu du fleuve plusieurs nymphes qui chahutaient et jouaient, à cheval sur des dauphins. L'une des jeunes filles, qui l'avait vu, lui lança de loin :

– Qui es-tu, bel étranger ? Et que fais-tu là ?

Hercule expliqua l'objet de sa quête. Les nymphes parurent touchées par son désarroi.

– Pourquoi n'interroges-tu pas notre père ? lui dirent-elles. Si tu sais t'y prendre, il te dira sûrement où est ce jardin.

– Votre père ?

– Oui : le dieu Nérée. Tu le trouveras près d'ici, il dort à l'ombre d'un rocher.

Du talon, les nymphes éperonnèrent leurs montures. Elles plongèrent dans les flots et disparurent avec des éclats de rire.

---

1. Sans doute le Pô, grand fleuve du nord de l'Italie.

– Nérée ! s'exclama Hercule qui n'en revenait pas. Ainsi, ces belles nymphes étaient les Néréides !

Le héros ne tarda pas à découvrir le dieu ; il somnolait près de la berge. Il était très vieux et très ridé – mais on affirmait qu'il était né ainsi ! Quand Hercule l'interpella et commença à le questionner avec respect, il ouvrit un œil en grommelant :

– Quoi ? Tu oses troubler le sommeil de celui qui sait parler aux poissons et commander aux vagues ? Et puis je te trouve bien indiscret.

– Pardonne-moi, grand dieu ; mais je viens de très loin et toi seul peux me révéler où se cache ce fameux jardin !

Nérée ne semblait guère coopératif : instantanément... il se changea en lion ! Il se jeta sur Hercule qui accepta le combat et terrassa vite le fauve. À peine avait-il commencé à ligoter l'animal que celui-ci se transforma... en serpent ! Hercule en avait vu d'autres, il saisit le reptile par le cou sans serrer et dit :

– Tu ne m'impressionnes pas, Nérée...

Hercule hurla de douleur : le serpent s'était méta-
morphosé en flammes ardentes qu'Hercule étouffa
aussitôt avec sa tunique en peau de lion. Vaincu, le
dieu Nérée reprit son apparence humaine.

– Tu es têtu, Hercule ! s'exclama-t-il en riant.
Mais cela n'est pas pour me déplaire. Eh bien,
sache que le jardin des Hespérides se trouve près
des îles fortunées[1], non loin du célèbre mont Atlas.

– Atlas ? Le domaine du géant qui soutient la
voûte du ciel ?

– Pardi ! Apprends, Hercule, qu'Églé, Érythie
et Aréthuse, les trois Hespérides, sont les filles
qu'Atlas eut autrefois avec Hespéris[2].

– Ah, Nérée, comment pourrais-je te remercier ?

– En poursuivant ton chemin et en me laissant
achever ma sieste ! répondit le vieux dieu bougon
qui se rendormit sur-le-champ.

---

1. Aujourd'hui : les îles Canaries.
2. Hespéris : elle épousa son oncle Atlas et de leur union naquirent plusieurs filles (trois ou sept, selon les auteurs), appelées les Atlandides ou
les Hespérides.

À présent, Hercule poursuivait sa route plus sûr de lui : il passa les jours suivants à franchir le Caucase. Un soir, comme il en longeait le plus haut sommet, il fut arrêté par un effroyable spectacle : sur le flanc de la montagne, un homme nu était attaché par des chaînes à un rocher. Un vautour lui dévorait les entrailles.

– Mais... c'est Prométhée ! s'exclama-t-il, stupéfait.

Autrefois, Prométhée avait défié les dieux en leur volant le feu pour le donner aux hommes. Jupiter l'avait alors condamné à être lié pour toujours à la montagne et à avoir le foie dévoré par un vautour. Mais le foie de Prométhée repoussait sans cesse, si bien que son supplice était sans fin.

Pris de pitié par les cris de douleur de Prométhée, Hercule saisit son arc et, d'une flèche, transperça le vautour ! Puis il vint jusqu'au malheureux pour le délivrer de ses chaînes.

Sur l'Olympe d'où elle n'avait rien perdu du spectacle, Junon, sarcastique, prit son époux à témoin :

– Eh bien, Jupiter, ton propre fils te défie et tu le laisses faire ? Tu avais pourtant juré de ne jamais détacher Prométhée de ce rocher.

– Oh, je tiendrai ma promesse !

Jupiter était touché de la pitié dont Hercule avait fait preuve. Il décida de ruser ; il appela Vulcain, le dieu du feu, et lui dit :

– Prends l'un des maillons de la chaîne qui liait Prométhée ; forge-lui une bague qu'il devra porter et sur laquelle tu incrusteras un morceau de la montagne. Ainsi, je ne faillirai pas à ma promesse puisque le coupable restera attaché à son rocher !

Pendant ce temps, Prométhée remerciait son sauveteur. Quand il sut l'objet de la mission d'Hercule, il lui glissa à l'oreille :

– Prends garde ! Ne va surtout pas cueillir ces pommes toi-même.

– Et pourquoi donc ? demanda le héros.

– Un dragon à cent têtes, Ladon, défend l'entrée du jardin.

– Un dragon ? J'en fais mon affaire !

– Non, Hercule, je connais ton courage et le nombre de tes exploits. Mais crois-moi : demande plutôt à mon frère, Atlas, d'aller cueillir les pommes pour toi !

Hercule n'oublia pas la précieuse recommandation de Prométhée. Il poursuivit son long voyage... Il prit le même chemin qui, l'année précédente, l'avait conduit jusqu'au repaire de Géryon. Il traversa l'Ibérie et, parvenu devant l'isthme dont les deux colonnes portaient désormais son nom, il songea qu'il lui faudrait construire une embarcation. Une nouvelle fois, Hélios lui vint en aide en surgissant sur la berge avec son disque éblouissant :

– Je veux récompenser ton opiniâtreté, Hercule ! Monte donc dans ma coupe, je te déposerai sur les côtes de Libye[1].

À peine Hercule eut-il mis le pied sur ce nouveau continent qu'il se heurta à une espèce de monticule macabre : une immense pyramide de crânes empi-

---

1. Ainsi appelait-on l'actuelle Afrique du Nord.

lés ! Une voix tonitruante l'interpella :

– Ah ! Voici un imprudent dont la tête va s'ajouter à ma collection !

Hercule identifia le colosse qui lui faisait face :

– Je sais qui tu es : Antée... le pirate qui tue les naufragés !

– Oui. Je suis le fils de Gaïa et de Neptune, auquel cet édifice est consacré.

Le géant se rua sur le visiteur, le renversa d'un revers de main et éparpilla ses armes au loin. Hercule se redressa en écartant les bras, prêt à affronter son ennemi. L'autre éclata de rire :

– Jeune présomptueux, crois-tu pouvoir me vaincre à mains nues ?

Ils se précipitèrent l'un vers l'autre – et bientôt, Antée dut admettre qu'il avait trouvé un adversaire à sa mesure. Après une lutte interminable, le géant vacilla et s'écroula en touchant la terre des épaules. Au moment où Hercule croyait l'avoir définitivement terrassé, Antée se redressa soudain, comme mû par une vigueur mystérieusement décuplée !

À nouveau, ils s'affrontèrent. Antée s'épuisait

assez vite ; et Hercule le plaqua une seconde fois. Mais lorsque le colosse touchait le sol, il reprenait miraculeusement des forces ! La troisième fois, Hercule comprit :

– C'est ta mère Gaïa, la Terre, qui te rend ta vigueur !

Furieux de s'être laissé prendre, le héros saisit Antée à bras-le-corps. Comme il l'avait fait avec le lion de Némée, il le souleva en le serrant contre lui pour l'étouffer. Le géant se débattit pendant un instant ; mais privé du contact avec la matière dont il tirait sa force, il faiblit ; et, bientôt, il laissa retomber sa tête sur sa poitrine.

– Ainsi périt le géant Antée ! s'exclama Hercule.

Le combat avait été si rude qu'il s'écroula lui aussi, fourbu.

Quand il reprit conscience, il eut l'impression que des animaux piétinaient sa poitrine. Il se redressa et étouffa une exclamation de surprise : une multitude d'êtres humains de petite taille s'appliquait à lui lier bras et jambes ! Ils étaient habillés et armés comme des guerriers.

– Ma parole... je rêve ! À quelles bestioles ai-je donc affaire ?

– Nous, des bestioles ? répliqua celui qui semblait être le chef. Apprends que nous sommes le petit peuple des Pygmées ! Tu as pénétré notre territoire et nous allons te faire prisonnier !

Hercule avait entendu parler des Pygmées : ces êtres avaient été nommés ainsi parce qu'ils avaient la taille d'un pygmé[1]; on racontait qu'ils passaient leur vie à guerroyer avec les oiseaux des marais et les grues dont ils avaient exactement la taille. Cependant, les Pygmées venaient de mettre la main sur un tout autre gibier !

---

1. Ancienne mesure grecque (0,347 m). Les Pygmées de la mythologie, imaginaires, n'ont bien sûr rien à voir avec certains habitants d'Afrique centrale qui portent le même nom.

– Vous permettez ? fit le héros en se relevant d'un coup. C'est plutôt moi qui vais capturer plusieurs d'entre vous : mon cousin sera sûrement ravi que je lui rapporte des jouets vivants si jolis !

Quand Hercule se leva, les Pygmées, effrayés, fuirent en grande débandade. Pas assez vite cependant : le héros en pêcha quelques-uns entre deux doigts, et les déposa avec précaution dans la peau du lion de Némée qu'il avait transformée en sac.

Ainsi chargé, il se remit en route.

Désormais, il marchait vers les sommets enneigés du mont Atlas. Et un matin, alors qu'il gravissait les dernières pentes du massif, il s'arrêta, émerveillé par la splendeur du spectacle qui s'offrait à lui : là, juché sur le pic de la montagne, se tenait un géant plus impressionnant encore que tous ceux qu'il avait connus. Ses jambes étaient écartées ; et ses bras, levés au-dessus de sa tête, supportaient l'immense voûte du ciel ! La gorge nouée par l'émotion, Hercule cria :

– Salut à toi, géant Atlas !

– Tiens, de la visite ? fit le colosse en se contentant d'abaisser les yeux. Que veux-tu ? Viens-tu m'aider à soutenir le ciel ? C'est une tâche si ingrate ! Depuis le temps que je supporte cette voûte, je commence à fatiguer, vois-tu.

Le voyageur expliqua qui il était et d'où il venait.

– Ainsi, s'étonna Atlas, tu as délivré mon frère Prométhée de sa malédiction ? Comment te remercier, Hercule ?

– En me permettant d'emporter les pommes du jardin de tes filles !

Le géant n'y semblait pas opposé. Il était surtout ravi de prolonger la conversation.

– Le jardin des Hespérides ? Il est tout près d'ici. Je vais te montrer le chemin. Approche, donnemoi donc un coup de main en m'aidant à soutenir le ciel pour que j'aie au moins un bras libre !

Hercule réfléchissait, il restait sur ses gardes.

– À l'entrée du jardin, poursuivit le géant, tu trouveras Ladon, son fidèle gardien. Demande-lui de t'ouvrir et de te conduire jusqu'à l'arbre.

– Écoute, fit Hercule, je te propose de te remplacer le temps que tu ailles chercher les pommes d'or.

– Vraiment ? fit Atlas qui avait peine à y croire. Tu acceptes ?

– J'essaierai. Mais fais vite, Atlas, car je suis moins fort que toi !

Hercule s'approcha du géant, prit appui avec les pieds, aspira une bonne goulée d'air et leva les bras, prêt à l'effort.

– Aaaah, comme ça fait du bien ! s'exclama Atlas en s'écartant.

Le géant quitta sa place, s'étira, bâilla bruyamment, courba le dos, et esquissa deux ou trois gestes d'assouplissement. Il se retourna vers Hercule et hocha la tête en riant.

– Ma foi, tu ne te débrouilles pas si mal !

– Je t'en prie, Atlas, ne perds pas de temps.

Le géant, tout joyeux, s'éloigna en trottinant. Et le temps se mit à couler, très, très lentement. Hercule s'impatientait. Il avait l'impression que le ciel pesait de plus en plus lourd et il craignait de faiblir. Comme il se demandait si Atlas ne l'avait pas abandonné, il le vit surgir au creux d'un col. Le géant avait un panier à la main. À l'intérieur brillaient des fruits étranges d'un jaune éclatant !

– Je te suis infiniment reconnaissant, Atlas ! s'exclama Hercule.

– Écoute, répondit le géant, j'ai réfléchi. J'ai songé à tous les périls que tu allais devoir affronter pendant ton retour. Aussi, j'ai décidé d'aller porter moi-même les pommes à Eurysthée.

– Quoi ? Je suppose que tu plaisantes ?

– Pas du tout. Ce voyage me distraira. Par ailleurs, ajouta-t-il en désignant le ciel au-dessus d'Hercule, je constate que tu es à la hauteur de la tâche. Je suis ravi d'avoir trouvé un remplaçant !

Atlas s'éloigna et Hercule comprit qu'il avait été dupé.

– Ah ! hurla-t-il en grimaçant. J'ai une crampe !

– Attention, ne lâche pas prise ! fit Atlas en revenant.

Le géant semblait inquiet ; certes, il était content d'échanger sa place, mais il n'avait pas envie de recevoir le ciel sur la tête ! Hercule reprit :

– Si j'avais su que j'aurais à soutenir le ciel si longtemps, j'aurais choisi une position plus confortable. Aurais-tu quelque chose pour mon dos, Atlas ?

– Oh, si ce n'est que ça...

Le géant revint avec un coussin qu'il essaya de coincer entre les épaules du héros.

– Attends, fit Hercule, tu t'y prends mal. Reprends donc la voûte céleste un instant pour que j'arrange le coussin comme il faut.

Naïvement, Atlas accepta. Dès qu'il eut repris sa position et assumé la charge du ciel, Hercule, soulagé d'un grand poids, jeta le coussin au loin, s'empara du panier et déclara :

– Je te remercie pour les pommes. Pardonne-moi

de ne t'avoir remplacé qu'un moment. Mais crois-
moi, Atlas : pour soutenir le ciel, tu es l'homme de
la situation !

Le voyage du retour fut très long et semé
d'embûches.

Mais il y avait peu de périls auxquels Hercule
n'aurait pu faire face. Parfois, le soir, avant de
s'endormir, il songeait aux fameuses Hespérides ;
il regrettait de n'avoir pas vu les filles du géant
Atlas. Le matin, à son réveil, il vérifiait que les
fruits étaient toujours dans le panier.

Lorsque, longtemps après, il arriva en vue de
Tirynthe et donna les pommes à Eurysthée, celui-
ci, effrayé, recula à leur vue.

– Hercule, bredouilla-t-il, ces fruits appartien-
nent à Junon, je sais qu'ils sont sacrés. Je ne pensais pas que tu réussirais... garde-les !

Ce cadeau inattendu mettait le héros dans l'embarras. La nuit suivante, Minerve lui apparut en
rêve.

– Rassure-toi, Hercule, lui dit-elle en souriant.

Je viens reprendre les pommes d'or. J'irai les reporter moi-même. Mais je t'autorise à en goûter le nectar... Bois !

Elle saisit l'un des fruits et le pressa doucement. Une goutte vint tomber dans la gorge d'Hercule qui s'éveilla aussitôt.

Près de lui, le panier ne contenait plus que d'étonnants fruits qui ressemblaient un peu aux fameuses pommes. Hercule, dans le matin naissant, fit couler dans sa bouche le jus doré de ces fruits inconnus. Le goût en était acide et délicieux.

Les fruits que Minerve avait mis à la place des pommes d'or porteraient plus tard le nom de leur couleur : les oranges.

Une Mission en enfer

ou Le chien Cerbère

Aujourd'hui, quand on veut se débarrasser de quelqu'un, on lui dit parfois : « va au diable ! ».

En ces temps légendaires, le diable était un dieu qui s'appelait Pluton. Il régnait sur une région souterraine baptisée le Tartare. On accédait à ces Enfers en s'adressant à un passeur : Charon. Celui-ci invitait les morts à monter dans sa barque noire et les entraînait sur un fleuve, le Styx.

Pluton laissait toujours les portes du Tartare ouvertes. Aucun risque : il avait, pour l'assister,

Cerbère : un chien féroce à trois têtes et à queue de dragon qui empêchait les âmes de sortir. D'ailleurs, nul n'était jamais revenu du royaume des morts...

Depuis qu'Hercule s'était mis au service de son cousin, huit années s'étaient écoulées. Il ne restait plus au héros qu'un seul travail à accomplir. Eurysthée voulait se débarrasser définitivement d'Hercule. Il le convoqua un matin et lui déclara du haut des murs de la cité de Tirynthe, avec une nonchalance fourbe :

– Je veux que tu me rapportes Cerbère, le gardien des Enfers.

– Quelle folie ! Si je revenais avec lui, aurais-je expié mon crime ?

– Oui. Et tu aurais respecté les ordres de l'oracle ! Tu serais quitte, je le jure par le Styx !

Un tel serment était inviolable ; et Hercule quitta son cousin, confiant. Mais en errant sans but dans la campagne, il comprit l'absurdité de l'ordre d'Eurysthée : comme pour le jardin des

Hespérides, nul ne savait où se trouvaient les Enfers ! Sauf, bien sûr, les morts qui y pénétraient...

Après avoir retourné mille fois le problème sans trouver l'ombre d'une solution, Hercule, désespéré, tomba à genoux :

– Ô mon père, toi qui es descendu du mont Olympe pour t'unir à une mortelle, toi qui voulais que je délivre le monde de ses fléaux, vas-tu cette fois m'abandonner ?

Un grondement de tonnerre lui répondit ; dans un éblouissement de lumière, le dieu Mercure apparut ! Il posa la main sur l'épaule d'Hercule, lui sourit et lui dit :

– Jupiter m'a chargé de te conduire jusqu'à l'entrée du Tartare. Mais dès que tu seras monté dans la barque de Charon, tu devras te débrouiller seul... Viens !

Entraînant Hercule avec lui, Mercure s'élança dans les airs. Parvenu au-dessus de la Laconie, le dieu expliqua :

– Il existe au bord de la mer, au cap Ténare, une

caverne qui communique avec les mondes souterrains.

Bientôt, ils atteignirent le sommet d'une falaise escarpée qui dominait toute la mer de Crète. En contrebas, les vagues venaient se fracasser contre des rochers.

– Nous y sommes ! dit Mercure.

Il lui désigna l'entrée d'une grotte dans laquelle le héros, cœur battant, pénétra à la suite de son guide. Ils empruntèrent un sentier escarpé, se risquèrent dans un gouffre interminable, aboutirent à une salle souterraine baignée par un étang glacé ; un courant d'air violent s'était mis à souffler, qui semblait porter les échos d'appels désespérés. Malgré la présence du dieu et en dépit des armes qu'il serrait contre lui, Hercule se sentait de moins en moins rassuré. Peu à peu, l'air s'emplit d'une haleine brûlante. Bientôt apparut un lac de poix bouillante qui s'achevait en un large cours d'eau sombre et trouble.

– C'est l'Achéron, dit Mercure, on l'appelle le fleuve des douleurs. Vois-tu, plus loin, cet affluent qui charrie des flammes ? C'est le Pyriphlégéton...

– Et là-bas, demanda Hercule, qu'est-ce qui coule avec d'étranges gémissements ?

– Un torrent fait des larmes des méchants : le Cocyte...

Ils marchèrent jusqu'à une sorte de delta encombré de roseaux. Tous les cours d'eau qu'ils avaient croisés se réunissaient en une rivière impétueuse dont l'odeur nauséabonde les fit reculer.

– Voici le Styx, annonça Mercure. Pour ma part, je suis arrivé.

Le spectacle était effrayant : de part et d'autre des berges, des ombres noires s'agitaient confusément ; des spectres désespérés lançaient des supplications aux visiteurs.

– Les âmes attendent le passeur, murmura le dieu des marchands. Et je crains qu'il n'y ait pas de place pour tout le monde...

Hercule écarquilla les yeux : en aval venait d'apparaître une barque plus noire que le Styx. Elle était conduite par un vieil homme revêche et barbu dont l'aviron repoussait les ombres qui se risquaient dans le fleuve. Parfois, il leur criait :

– Non, pas toi ! À ta mort, personne n'a songé à mettre une ou deux pièces dans ta bouche pour payer ton passage. Tu attendras encore cent ans au bord de l'un des quatre fleuves infernaux !

Quand le lugubre pilote accosta, Mercure fit les présentations. Charon ne semblait pas ravi à l'idée d'embarquer Hercule. Après mûre réflexion, il l'invita à monter et lui avoua :

– Récemment, j'ai été puni ! J'avais eu l'audace d'introduire aux Enfers Thésée et Pirithoos[1]. Ces deux héros voulaient enlever la reine Perséphone, au nez et à la barbe de Pluton, son époux !

– Y sont-ils parvenus ?

– Comment l'auraient-ils pu ? répliqua sévèrement Charon. Une fois entré ici, on n'en sort plus. Les deux imprudents y sont toujours.

Fasciné par le spectacle des ombres qui imploraient Charon, Hercule se pencha. Son poids fit

---

1. Devenu l'ami de Thésée après l'avoir combattu, Pirithoos l'accompagna pour conquérir les filles de Zeus. Ils enlevèrent Hélène (qui échut à Thésée) puis voulurent capturer Perséphone.

vaciller la barque et le passeur, déséquilibré, faillit tomber à l'eau ! Il se rétablit de justesse.

– Ne bouge pas, jeune téméraire ! Tu vas nous faire tomber dans les eaux magiques du Styx...

– Achille, lui, s'y est bien baigné ! répliqua Hercule, piqué au vif.

– Non, pas vraiment : pour le rendre immortel, sa mère, Thétis, l'a immergé dans le fleuve quand il était enfant. Mais comme elle le tenait par le talon, Achille est resté vulnérable à cet endroit précis. Attention... nous allons accoster.

Charon invita Hercule à descendre. La rive donnait sur une plaine venteuse et désolée où poussaient des fleurs d'asphodèles. Ils s'engagèrent sur un chemin étroit et le passeur, pensif, poursuivit :

– Et un jour, Achille reçut une flèche au talon... il en est mort ! Ah, nous voici au terme de notre voyage : le Champ de vérité[1] !

---

1. Le Champ de vérité était, dans la mythologie, le carrefour où Pluton, assisté de trois assesseurs, pesait les âmes des morts. Celles qui avaient vécu saintement étaient envoyées dans les Champs Élysées, les autres étaient condamnées au Tartare.

Leur chemin aboutissait à une fourche. Charon expliqua :

– La route qui monte conduit aux Champs Elysées. Seules peuvent l'emprunter les âmes dignes de rejoindre les îles bienheureuses. Quant à la route qui descend, elle mène aux terribles profondeurs du Tartare. C'est bien là que tu veux aller, Hercule ? Alors adieu !

Le héros se retrouva seul. Bientôt, il arriva devant deux portes monumentales. Comme elles étaient ouvertes, il avança.

Son arrivée fut saluée par des aboiements effrayants !

– Qui es-tu ? rugit une voix lointaine.

Hercule aperçut alors le dieu Pluton, juché sur un trône et, à ses côtés, le fameux monstre à trois têtes, gardien des Enfers ! Derrière eux se devinait l'entrée des labyrinthes infernaux.

– Je m'appelle Hercule. Si j'ose comparaître devant toi, c'est parce que mon cousin, auquel je dois obéissance, m'a ordonné de lui ramener ton chien, Cerbère !

Pour l'heure, Cerbère se contentait de japper furieusement. Devant ce héros qui semblait sans crainte, il reculait, grognait, agitait ses trois têtes et roulait six yeux énormes et exorbités.

– Eh bien, jeune héros, tu ne manques pas de cran ! s'exclama Pluton, stupéfait. Pourtant, je connais ta réputation : Jupiter m'a parlé en ta faveur. Tu veux affronter Cerbère ? Soit ! Mais tu l'affronteras à mains nues... Et nous verrons qui l'emportera !

Hercule déposa son javelot, son arc et sa massue. Il avança vers le molosse qui se mit à ramper en gémissant. Il serrait piteusement sa vilaine queue de dragon sous ses pattes.

– Eh bien, Cerbère ? tonna le dieu des Enfers, fâché. Qu'attends-tu pour attaquer et pour mordre ?

Le gardien des lieux avait-il, lui aussi, eu vent des exploits du héros ? Au lieu d'obéir, il courut, terrifié, se réfugier derrière le trône de son maître !

– En ce cas, dit Hercule, je suis obligé de venir

te chercher !

En deux pas, il bondit vers le siège de Pluton ; trois gueules ouvertes se refermèrent sur lui. Sans la protection de la peau du lion de Némée, Hercule eût sans doute été déchiqueté ! Plus rapide que le chien qui revenait à l'attaque, il saisit le cou du monstre et le serra à l'étouffer. L'animal gigota et se mit à gémir de plus en plus faiblement.

– Attends ! s'exclama Pluton. Ne tue pas mon fidèle Cerbère !

– En ce cas, répliqua Hercule sans lâcher prise, donne-moi une laisse pour que je puisse l'emmener.

Le héros passa au cou du monstre un collier de fer ; il l'ajusta comme il fallait pour que l'animal puisse respirer – mais à la moindre rébellion, il suffoquerait aussitôt. Convaincu, Pluton hocha la tête et grommela :

– Soit ! J'admets que tu as dompté Cerbère ! Mais sa perte est une catastrophe : à présent, les ombres peuvent quitter mon royaume !

Hercule était pressé de quitter les lieux. Il s'inclina devant Pluton et tira sur la laisse. Docile, le terrible Cerbère franchit les hautes portes des Enfers avec son nouveau maître.

Comme Hercule revenait sur ses pas et traversait la prairie d'asphodèles, il croisa une ombre dont l'aspect lui parut familier.

– Dis-moi, n'es-tu pas Thésée ?

– Si. Que fais-tu avec Cerbère enchaîné ? Tu n'es pas une ombre ?

– Je m'appelle Hercule, fit le héros en observant les alentours. Viens, suis-moi. Demandons à Charon de nous ramener !

Le passeur, contrarié, se fit beaucoup prier :

– Vous voilà deux, à présent ? Et avec un animal à transporter ? C'est que... je n'ai pas l'habitude de remonter le Styx ainsi chargé !

De mauvaise grâce, Charon remonta le courant des fleuves infernaux et reconduisit l'étrange équipage vers la sortie.

Lorsque Thésée retrouva l'air libre, il reprit son aspect humain. Il remercia son sauveteur et salua sa liberté en humant l'air marin. Cerbère, lui, n'avait jamais paru si effrayé : ébloui par la lumière du jour, il lançait des jappements plaintifs.

– Avec tes trois langues pendantes et ta respiration saccadée, dit Hercule au gardien des Enfers, tu inspires moins la peur que la pitié ! Je n'imaginais pas que tu me faciliterais tant la tâche...

Il reprit sa route vers Tirynthe. Tandis qu'il tirait la laisse de Cerbère, tout ce que son cousin lui avait demandé d'accomplir défilait dans sa mémoire : douze exploits et huit années de servitude ! Comme pour quêter la confirmation de sa future liberté, il levait souvent les yeux du côté de l'Olympe.

Arrivé aux pieds des murs de la ville, il hurla :

– Eurysthée ? Je t'apporte ce que tu m'as demandé.

Le cousin d'Hercule apparut au-dessus du mur d'enceinte... et demeura interdit ! Il désignait le molosse enchaîné en balbutiant :

– C'est... Cerbère ? Le chien des Enfers ? Et... tu l'as amené ici ?

– N'est-ce pas ce que tu as exigé ?

Eurysthée semblait consterné par le dernier exploit de son cousin : derrière lui, massés sur les remparts, les habitants de la cité manifestaient leur admiration au moyen de clameurs et d'ovations. Devant la foule en liesse, le roi se sentait humilié, ridiculisé. Contraint de reconnaître sa défaite, il grommela en baissant la tête :

– Ainsi, tu es parvenu à accomplir tous les travaux que je t'ai imposés. Tu as gagné, Hercule...

– Non, répondit le héros avec amertume. Dans ce jeu qui semblait nous opposer, nous n'avons été que des pions, Eurysthée : des instruments entre les mains de dieux qui se défiaient en se ser-

vant de nous. Comment un homme peut-il pré-
tendre être vainqueur ou vaincu ?

Depuis que Cerbère avait aperçu le roi, il semblait avoir repris... du poil de la bête : il grognait,
considérait le maître de la ville avec des yeux
menaçants et ouvrait démesurément ses trois
gueules. Avait-il compris qu'Eurysthée était le responsable de son récent exil ? Tout à coup, le petit
roi mesura l'imprudence de son ordre : il avait
défié le dieu Pluton en personne ! Épouvanté, il
bredouilla :

— Hercule, au fait, j'y pense : les ombres... les
âmes des morts ?

— Tu y penses un peu tard : rien ne les empêche
plus de quitter le Tartare.

Le roi devint livide. Il s'écria :

— Je t'en supplie, Hercule, va rendre cet animal à
son maître !

— Attends. N'as-tu pas juré que mon dernier travail serait de capturer Cerbère ? Veux-tu m'imposer une tâche supplémentaire ?

— Hercule, fais-le pour moi !

– Pour toi ? répondit le héros avec aigreur. Non, Eurysthée, je le ferai pour le bonheur futur de l'humanité : pour que restent dans les séjours infernaux ceux qui persécutent leurs semblables !

Hercule tint parole : dès le lendemain, il reprit le chemin des Enfers et restitua Cerbère à son maître.

De retour, le héros évita Tirynthe. Il se mit en route vers l'Étolie où culmine le fameux mont Parnasse[1] ; enfin lavé de ses fautes et affranchi de la servitude à laquelle il avait été condamné, il voulait désormais mettre sa force au service des opprimés. C'est pourquoi il avait l'esprit libre et le cœur léger. Savourant le soleil levant dont la tiédeur caressait son visage, il songeait à cet avenir auquel il s'était interdit de penser. Lui qui avait vaincu tant de monstres et défié tant de dieux, parviendrait-il à supprimer l'injustice parmi les

---

1. Consacrée à Dionysos, à Apollon et aux muses, cette montagne sacrée proche de Delphes était le lieu d'inspiration des poètes.

hommes ? Connaîtrait-il une autre femme ? Aurait-il de nouveaux enfants ?

Hercule n'avait de réponse à aucune de ces questions. Il ne se doutait pas que ses douze travaux n'avaient occupé que la moitié de son existence... une existence qui s'achèverait par une fin digne d'un fils de dieu : un supplice à l'issue duquel son âme rejoindrait l'Olympe et la maison de son père divin.

Il ignorait que, de siècle en siècle se perpétuerait le souvenir de sa gloire, que de nombreux cultes lui seraient consacrés et que les jeux Olympiques seraient créés pour immortaliser sa mémoire.

Il ne savait pas encore qu'il deviendrait, pendant les millénaires à venir, le sujet favori des musiciens, des sculpteurs et des peintres...

Oui, Hercule était loin d'avoir achevé sa vie tumultueuse ! Il continuait d'avancer vers le soleil levant, en rendant grâce à Hélios d'avoir fait de la Terre un séjour digne de lui faire oublier les Enfers ; il se contentait de marcher en observant le monde, redevenant, le temps d'une courte trêve, le simple brouillon d'un héros : un homme.

GLOSSAIRE

ALCÉE : fils de Persée et père d'Amphitryon. Il était roi de Tirynthe. Ce nom fut aussi donné à Hercule à sa naissance.

APOLLON : fils de Jupiter, dieu de la lumière ; frère jumeau de Diane.

ARCADIE : ancienne région de la Grèce au centre du Péloponnèse (voir carte).

ARGOLIDE : ancienne région de la Grèce au nord-est du Péloponnèse (voir carte).

ARTÉMIS : voir Diane.

ATLAS : frère de Prométhée, ce géant est condamné par Jupiter à porter la voûte du ciel sur ses épaules.

DIANE / ARTÉMIS : fille de Jupiter, déesse de la

Lune. Sœur jumelle d'Apollon.

ÉCHIDNA : monstre fabuleux, moitié femme, moitié serpent, descendant de Tartare et de Gaïa. Unie à Typhon, elle engendre Cerbère, la Chimère, l'hydre de Lerne, le lion de Némée et d'autres monstres que les héros durent abattre pour purger la Terre.

GAÏA : symbole de la Terre, c'est l'ancêtre maternel des races divines et des monstres. Elle engendre Ouranos (le ciel), les montagnes et les flots puis, unie à Ouranos, elle engendre les Titans et les Cyclopes.

HÉLIOS : divinité personnifiant le soleil ; il traverse le ciel sur un char (ou un bouclier) de feu.

HERCULE / HÉRACLÈS : fils de Jupiter et d'Alcmène. Jalouse de cet enfant que son époux a eu d'une mortelle, Junon se sert d'Eurysthée pour imposer à ce héros ses fameux douze travaux.

HESPÉRIDES : nymphes du couchant qui gardaient le jardin des dieux.

JUNON / HÉRA : épouse de Jupiter, et mère de nombreux autres dieux.

JUPITER / ZEUS : père des dieux et des hommes ;

dieu du ciel et des éléments. Époux de Junon. Son emblème est le foudre.

MARS/ ARÈS : fils de Junon, c'est le dieu de la guerre. Il est cruel, sanguinaire, impitoyable. Il aura deux fils, Kyknos (qu'Hercule tuera) et Lycastos.

MERCURE / HERMÈS : fils de Jupiter, il est le dieu des marchands et des voleurs, le guide des voyageurs et le conducteur des âmes des morts.

MINERVE / ATHÉNA : fille de Jupiter, c'est la déesse de la guerre, de l'intelligence et de la sagesse. Elle est en conflit perpétuel avec Mars.

MYCÈNES : capitale de l'Argolide.

NEPTUNE / POSÉÏDON : frère de Jupiter et de Pluton ; dieu des mers et de l'élément liquide en général ; il est l'un des trois maîtres de l'univers.

NÉRÉE : l'un des plus anciens dieux de la mer, père des cinquante Néréides. Bienveillant pour les navigateurs, il a le pouvoir de se métamorphoser et de prédire l'avenir.

OLYMPE : massif montagneux de Grèce qui abrite le palais des dieux sur sa cime la plus haute.

PERSÉE : fils de Zeus et de Danaé (fille du roi d'Argos). Il échangea le royaume d'Argos contre celui de Tirynthe.

PLUTON / HADÈS : dieu des morts et du monde souterrain.

PROMÉTHÉE : frère d'Atlas, ce Titan déroba le feu aux dieux pour le confier aux hommes ; il fut condamné à être enchaîné à une montagne et à avoir le foie sans cesse dévoré par un vautour.

STHÉNÉLUS : fils de Persée et d'Andromède.

STYMPHALE : lac de Grèce, domaine d'oiseaux monstrueux (voir carte).

THÉSÉE : ce héros accomplit six exploits. En Crète, il pénétra dans le labyrinthe, y tua le Minotaure et retrouva la sortie grâce au fil d'Ariane.

THRACE : vaste région au nord-est de la Grèce (voir carte).

VULCAIN / HÉPHAISTOS : dieu du feu.

POSTFACE

Je l'avoue : j'ai triché.

J'ai déjà triché en nommant Hercule un héros qui, toute sa vie s'appela, comme son grand-père, Alcée (*le vigoureux*) et ne prit le nom d'Hercule (*la gloire d'Héra*) qu'après sa mort.

J'ai ensuite triché parce que la difficulté, quand on se penche sur l'histoire d'Hercule, ce n'est pas l'absence de documents mais au contraire leur richesse et – hélas ! – leur diversité. Nombreux furent les écrivains à raconter ses exploits. D'abord les auteurs pré-helléniques. Puis les Grecs. Enfin les Romains. Au fil du temps, les versions se sont multipliées et parfois contredites. Ainsi, selon les auteurs, Hercule étouffe les serpents dans son berceau le lendemain de sa naissance, ou encore à huit ou dix mois. La façon dont il tue le lion de Némée ou l'hydre de Lerne (qui, d'après les traditions, a sept, neuf... ou cent têtes !) varie : la massue, le glaive, les flèches... Quant à Eurysthée, il donne ses ordres à son cousin tantôt depuis les murs de Tirynthe, tantôt depuis ceux de Mycènes.

J'ai donc triché parce qu'au lieu de reprendre, par exemple, les travaux d'Hercule tels que l'historien grec Diodore de Sicile les relate, j'ai mêlé de récit en récit les éléments d'autres auteurs grecs ou latins qui ont raconté ses exploits. L'ordre des travaux a dû faire aussi l'objet d'un choix : entre le premier (le lion de Némée, toujours) et le dernier (le chien Cerbère, souvent) l'enchaînement des exploits varie d'un auteur à l'autre. Oh, je n'ai jamais trahi les traditions : j'ai emprunté beaucoup à chacune.

Enfin, j'ai triché en m'inspirant surtout de l'*Héraclès furieux* d'Euripide qui essayait de rendre Hercule humain et sympathique. Car à lire la plupart des auteurs anciens, ce héros est d'une brutalité qui pourrait choquer aujourd'hui. Ses scrupules et ses sentiments sont proches du néant absolu : par exemple, après qu'Augias a reconnu son erreur et donné au héros les bœufs promis, Hercule, par simple vengeance, tue le roi et pille la cité. De plus, ses douze travaux offrent à la longue au lecteur une répétitivité lassante. Eh oui : à l'image de certains de nos héros de série B, Hercule semble avoir pour devise : *veni, vidi, vici.*

Hercule, fondateur des jeux Olympiques, m'intéressait par ses côtés à la fois païens et mystiques, qui ne sont pas sans rappeler certains héros de science-fiction ou d'*heroic fantasy.* Ce Siegfried wagnérien de l'antiquité (lui-même inspiré du Sigurd de la mythologie scandinave) a, au départ, une image de rédempteur chrétien : né comme Jésus d'un père divin et d'une mère humaine, il est initialement envoyé sur Terre pour venir en aide aux hommes et débarrasser le monde de ses fléaux. Le chiffre douze (pour ses travaux) rappelle celui des apôtres. Hercule, homme né d'un dieu, est comme Jésus à la fois vulnérable et immortel : sa fin, sur le mont Œta, est un atroce supplice à l'issue duquel il monte vers les régions célestes au milieu du tonnerre et des éclairs.

La tentation était grande, pour un auteur de SF, de renouer avec des récits épiques dont tout créateur, de gré ou de force, s'est un jour ou l'autre nourri. Car contrairement aux apparences, science-fiction et mythologie entretiennent des rapports étroits : ces deux littératures conjuguent les mêmes réflexions sur les rapports de l'homme avec les dieux (que ces dieux s'appellent la science ou le destin) et elles tendent leur regard de part et d'autre de notre monde contemporain : le passé imaginaire et les futurs lointains.

LA PÉNINSULE EUROPÉENNE DANS L'ANTIQUITÉ

258

BIBLIOGRAPHIE

Sources des différents travaux, exploits, vie d'Hercule

Aristophane : *Les oiseaux* et *Les grenouilles*

Callimaque : *Ide à Artémis*

Euripide : *Héraclès furieux* et *Alceste*

Hésiode : *Le Bouclier d'Héraclès* et *La Théogonie*

Homère : *L'Iliade* et *l'Odyssée*

Ovide : *Les Métamorphoses*

Pindare : *Les Épinicies*

Plaute : *Amphitryon*

Prodicos de Séos : *Héraclès au carrefour*

Sénèque : *Hercule furieux* et *Hercule sur l'Oeta*

Sophocle : *Les Trachiniennes* et *Philoctète*

Stésichore : *Odes*

Virgile : *L'Énéide*

Encyclopédies ; Ouvrages généraux sur la mythologie ou Hercule

Encyclopaedia Universalis, 30 vol. E&USA, Paris 1993. *La grande encyclopédie Larousse*, 21 vol. Larousse, Paris, 1971. *Grand Dictionnaire Universel du XIXᵉ siècle*, 15 vol. Larousse, Paris, 1876. *Dictionnaire encyclopédique Quillet*, 6 vol. Librairie Aristide Quillet, Paris, 1958. *Les plus belles légendes de la mythologie*, 448 p., Nathan, Paris, 1992. Beck Martine, *Dictionnaire de la mythologie*, 188 p., Nathan, Paris, 1985. Fischetto Laura, *La mythologie, les héros et les hommes*, 176 p., Centurion, Paris, 1991. Fischetto Laura, *La mythologie, les aventures des dieux*, 176 p., Centurion, Paris, 1991. Genest Émile, *Contes et légendes mythologiques*, 238 p., Nathan et Pocket Junior, Paris, 1929/1994. Grimal Pierre, *Petite histoire de la mythologie et des dieux*, 186 p., Nathan, Paris, 1954. Guillemin A.-M., *Récits mythologiques*, 256 p. Hatier, Paris, 1936. Meunier Mario, *La légende dorée des dieux et des héros*, 480 p., Albin Michel, Paris, 1946. Vivet-Rémy Anne-Catherine, *Les travaux d'Hercule*, 128 p., Retz, Paris, 1997.

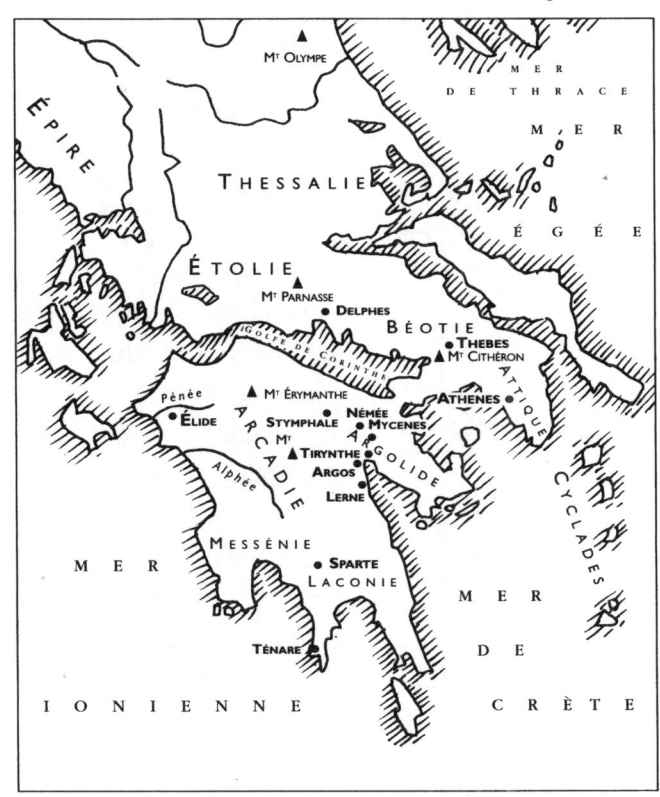

TABLE DES MATIÈRES

Christian Grenier

Né en 1945 à Paris, Christian Grenier a une cinquantaine de romans à son actif. Amoureux de toutes les littératures, il les a déclinées sur de nombreux registres : nouvelles, contes, théâtre, polars, scénarios de BD, de dessins animés pour la télévision... Longtemps, son centre d'intérêt privilégié a été la science-fiction ; il lui a consacré trois essais, de nombreux romans et plusieurs cycles, dont celui d'Aïna (Nathan, Pleine Lune).

Aujourd'hui, il habite le Périgord, où il se consacre exclusivement à l'écriture.

PARMI LES OUVRAGES
DU MÊME AUTEUR :

La Machination, Hachette
(Le Livre de poche Jeunesse), 1981.
Le Cœur en abîme, Hachette
(Le Livre de poche Jeunesse), 1995.
Virus LIV 3 ou la mort des livres, Hachette
(Le Livre de poche Jeunesse), 1998.
Coup de théâtre, Rageot
(Cascade Policier), 1994.
L'Ordinatueur, Rageot
(Cascade Policier), 1997.
La Fille de 3eB, Rageot
(Cascade Pluriel), 1995.
Le Pianiste sans visage, Rageot
(Cascade Pluriel), 1995.
Arrêtez la musique, Rageot
(Cascade Pluriel), 1999.

Aux Éditions Nathan :

Dans la collection « Pleine Lune » :
Aïna, Fille des étoiles, 1995.
Aïna et le Secret des oglonis, 1996.
Aïna et le Pirate de la Comète, 1997.
Aïna - Kaha, Supermaki, 1997.
Aïna et l'Arbre-Monde, 1998.
Aïna - Faut-il brûler Jeanne?, 1999.

Dans la collection « Demi-Lune » :
Le Château des enfants gris, 1996.
Parfaite Petite Poupée, 1997.

Dans la collection « Contes et Légendes » :
Contes et Récits de la conquête du Ciel et de l'Espace, 1996.
Contes et Légendes - Les Héros de la mythologie, 1998.

Philippe Caron

1 - Comme aimait à le dire Éric Satie, je suis né " aux confins des eaux paisibles de la Seine et des flots tumultueux de la Manche ". Les premières années de ma vie furent à la fois immobiles et remplies d'événements.

1' - En témoignent ces marques dues à la brûlure d'un fil électrique alors que j'avais quatre ou cinq ans. Elles sont à l'origine de mon premier dessin exécuté d'une main droite blessée et opiniâtre.

2 - J'ai été un écolier distrait. Un étudiant dissipé et pourtant studieux. L'École Estienne m'aura donné le goût du papier, de la typographie et de l'encre d'imprimerie. J'ai rencontré plus tard les maîtres qu'il me fallait.

3 - À l'instar des premiers navigateurs, l'or et les femmes ont décidé de nos premiers voyages en Amérique. J'y ai découvert le travail et tous les peintres que j'aimais. J'ai aussi beaucoup aimé mon père qui ne comprenait pas ce que je faisais et ne se doutait pas que je vivrai un jour à New York. J'aime New York, surtout le métro. On y voyage avec tous les gens de la terre.

4 - J'ai découvert Marcel Proust un jour de grand désarroi... Plus tard, Henry Miller m'a invité à prendre des risques. Une longue liste pourrait suivre de ceux qui m'ont influencé et instruit.

5 - Un nom plein de beauté évidemment, mais on ne peut plus peindre Vénus depuis longtemps même pas par fragments comme il m'a été souvent demandé de le faire pour les journaux de mode.

6 - Imagination et intuition... à traiter avec méthode. L'enseignement m'y a beaucoup aidé.

7 - Le Mont d'Apollon détermine les chances de Gloire et de Fortune. Un ami me disait : " Les artistes ont tout inventé sauf le moyen de payer leur loyer ".

8 - Qu'il plaise à Jupiter, patron des ambitions et des idéaux, que je puisse vivre au bord de la mer à peindre Vénus.

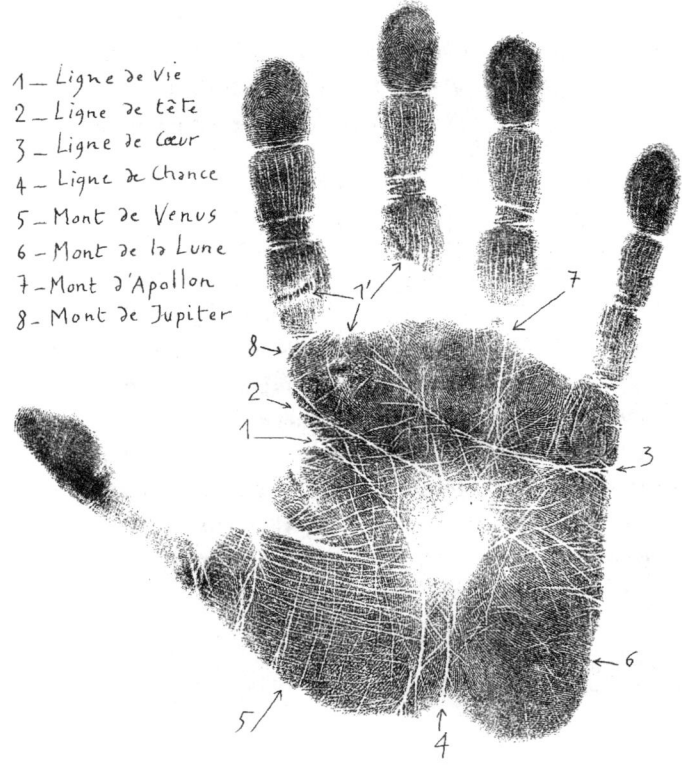

1 _ Ligne de Vie
2 _ Ligne de tête
3 _ Ligne de Cœur
4 _ Ligne de Chance
5 _ Mont de Venus
6 _ Mont de la Lune
7 _ Mont d'Apollon
8 _ Mont de Jupiter

DANS LA MÊME COLLECTION

N° d'éditeur : 10257129
Dépôt légal : juillet 2010
Imprimé en juillet 2019 par Graficas Estella (Estella, Espagne)

CONTES ET LÉGENDES

La collection de la mémoire du monde

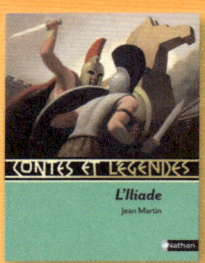

L'Iliade
Jean Martin

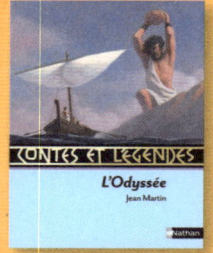

L'Odyssée
Jean Martin

Les douze travaux d'Hercule
Christian Grenier

La Mythologie grecque
Claude Pouzadoux

Les Héros de la mythologie
Christian Grenier

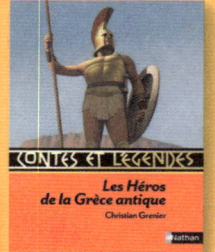

Les Héros de la Grèce antique
Christian Grenier

Les Héros de la Rome antique
Jean-Pierre Andrevon

La naissance de Rome
François Sautereau

Jason et la conquête de la Toison d'or
Christian Grenier

Les Métamorphoses d'Ovide
Laurence Gillot

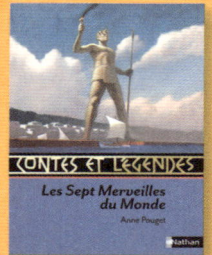

Les Sept Merveilles du Monde
Anne Pouget

Les amoureux légendaires
Gudule